俄苏文学经典译著·长篇小说

顾米列夫斯基

　　1890 年出生于俄国的亚特卡纳城。他 24 岁以前就开始了文笔生活，他的第一篇小说于 1914 年发表在杂志《教化》四月号上。自此以后他便专心创作，在许多杂志和报纸上发表作品。十月革命以后，他从事编辑和教育工作。

周起应（1908—1989）

　　即周扬，中国文艺理论家。湖南益阳人。1927 年参加中国共产党。1928 年上海大夏大学毕业后去日本留学。1931 年回上海，参加领导革命文艺运动。1932 年任中共上海中央局文委书记、左联党团书记、《文学月报》主编等职。1937 年到延安，曾任陕甘宁边区教育厅长、鲁迅艺术学院院长、延安大学校长。新中国成立后曾任中共中央宣传部副部长、文化部副部长、中国文联主席等职。译有《安娜·卡列尼娜》等。

立波（1908—1979）

　　即周立波，中国作家。原名绍仪，湖南益阳人。1928 年入上海劳动大学，并开始写作。1934 年参加左联。同年加入中国共产党。曾任教于延安鲁迅艺术学院。1944 年主编《解放日报》文艺副刊。著有长篇小说《暴风骤雨》《山乡巨变》等。

俄苏文学经典译著·长篇小说

顾米列夫斯基

1890年出生于俄国的亚特卡纳城。他24岁以前就开始了文笔生活，他的第一篇小说于1914年发表在杂志《教化》四月号上。自此以后他便专心创作，在许多杂志和报纸上发表作品。十月革命以后，他从事编辑和教育工作。

周起应（1908—1989）

即周扬，中国文艺理论家。湖南益阳人。1927年参加中国共产党。1928年上海大夏大学毕业后去日本留学。1931年回上海，参加领导革命文艺运动。1932年任中共上海中央局文委书记、左联党团书记、《文学月报》主编等职。1937年到延安，曾任陕甘宁边区教育厅长、鲁迅艺术学院院长、延安大学校长。新中国成立后曾任中共中央宣传部副部长、文化部副部长、中国文联主席等职。译有《安娜·卡列尼娜》等。

立波（1908—1979）

即周立波，中国作家。原名绍仪，湖南益阳人。1928年入上海劳动大学，并开始写作。1934年参加左联。同年加入中国共产党。曾任教于延安鲁迅艺术学院。1944年主编《解放日报》文艺副刊。著有长篇小说《暴风骤雨》《山乡巨变》等。

Собачий переулок.

Goomilevsky

俄苏文学经典译著·

长 篇 小 说

Russian

Literature

Classic.

NOVEL

大学生
私生活

[苏]顾米列夫斯基 著

周起应 立波 译

三联书店

图书在版编目（CIP）数据

大学生私生活/（苏）顾米列夫斯基著；周起应，立波译. —北京：
生活·读书·新知三联书店，2018.11
ISBN 978 - 7 - 108 - 06402 - 8

Ⅰ. ①大… Ⅱ. ①顾…②周…③立… Ⅲ. ①长篇小说-苏联
Ⅳ. ①I512.45

中国版本图书馆 CIP 数据核字（2018）第 222580 号

责任编辑　韩瑞华
封面设计　钱　禛
责任印制　黄雪明

出版发行　生活·讀書·新知　三联书店
　　　　　（北京市东城区美术馆东街 22 号）
邮　　编　100010
印　　刷　常熟市高专印刷有限公司
排　　版　南京前锦排版服务有限公司
版　　次　2018 年 11 月第 1 版
　　　　　2018 年 11 月第 1 次印刷
开　　本　650 毫米×900 毫米　1/16　印张　14.5
字　　数　194 千字
定　　价　48.00 元

俄苏文学经典译著

出版说明

　　本丛书是对中国左翼作家所译俄苏文学经典一次系统的整理和展现，所辑各书均为名家名译，这不仅是文献和版本意义上的出版，更是对当时红色文化移植的重新激活。

　　早在1948年生活书店、读书出版社、新知书店合并为生活·读书·新知三联书店前，三家出版社就以引介俄苏经典文学和社会理论图书等为己任。比如1937年生活书店出版托尔斯泰的《安娜·卡列尼娜》，1946年新知书店出版《钢铁是怎样炼成的》。1949年以后，虽然也有出版社对俄苏文学经典进行重译、重编，但难免失去了初始的本色，并且遗失了些许当时出版的有价值的译著；此外，左翼作家的译介因其"著译合一"的特点，在众多译本中，自有其价值；更重要的是，这些文学经典蕴含的对生活的热情、对信仰的坚守、对事业的激情在今天亦鼓动人心，能给每一位真诚活着的人以前行的动力。因此，系统地整理出版左翼作家翻译的俄苏文学经典是必要的。

　　我们在对书稿进行加工时，主要遵循了以下原则：

　　一、本丛书为重排本，由繁体字竖排版改为简体字横排版。

　　二、忠实原作，保持原译语言风格及表现方式；对书中人物及相关译名除必要的规范基本保留。

　　三、原书注释如旧，编者所出的注释，均以"编者注"标明，以示与原书注释的区别。

　　四、对原书中各种错讹脱衍之处，直接订正。

　　五、数字只要统一、规范，基本沿用；对标点符号的用法，尽可能做到规范。

　　六、在不影响原译意的情况下，对个别表述可能有歧义的字句进行必要斟酌处理。

总　序

　　生活·读书·新知三联书店推出"俄苏文学经典译著·长篇小说"丛书，意义重大，令人欣喜。

　　这套丛书撷取了1919至1949年介绍到中国的近50种著名的俄苏文学作品。1919年是中国历史和文化上的一个重要的分水岭，它对于中国俄苏文学译介同样如此，俄苏文学译介自此进入盛期并日益深刻地影响中国。从某种意义上来说，这套丛书的出版既是对"五四"百年的一种独特纪念，也是对中国俄苏文学译介的一个极佳的世纪回眸。

　　丛书收入了普希金、果戈理、屠格涅夫、陀思妥耶夫斯基、托尔斯泰、高尔基、肖洛霍夫、法捷耶夫、奥斯特洛夫斯基、格罗斯曼等著名作家的代表作，深刻反映了俄国社会不同历史时期的面貌，内容精彩纷呈，艺术精湛独到。

　　这些名著的译者名家云集，他们的翻译活动与时代相呼应。20世纪20年代以后，特别是"左联"成立后，中国的革命文学家和进步知识分子成了新文学运动中翻译的主将和领导者，如鲁迅、瞿秋白、耿济之、茅盾、郑振铎等。本丛书的主要译者多为"文学研究会"和"中国左翼作家联盟"的成员，如"左联"成员就有鲁迅、茅盾、沈端先（夏衍）、赵璜（柔石）、丽尼、周立波、周扬、蒋光慈、洪灵菲、姚蓬子、王季愚、杨骚、梅益等；其他译者也均为左翼作家或进步人士，如巴金、曹靖华、罗稷南、高植、陆蠡、李霁野、金人等。这些进步的翻译家不仅是优秀的译者、杰出的作家或学者，同时他们纠正以往译界的不良风气，将翻译事业与中国反帝反封建的斗争结合起来，成为中国新文学运动中的一支重要力量。

这些译者将目光更多地转向了俄苏文学。俄国文学的为社会为人生的主旨得到了同样具有强烈的危机意识和救亡意识，同样将文学看作疗救社会病痛和改造民族灵魂的药方的中国新文学先驱者的认同。茅盾对此这样描述道："我也是和我这一代人同样地被'五四'运动所惊醒了的。我，恐怕也有不少的人像我一样，从魏晋小品、齐梁词赋的梦游世界中，睁圆了眼睛大吃一惊的，是读到了苦苦追求人生意义的 19 世纪的俄罗斯古典文学。"[1] 鲁迅写于 1932 年的《祝中俄文字之交》一文则高度评价了俄国古典文学和现代苏联文学所取得的成就："15 年前，被西欧的所谓文明国人看作未开化的俄国，那文学，在世界文坛上，是胜利的；15 年以来，被帝国主义看作恶魔的苏联，那文学，在世界文坛上，是胜利的。这里的所谓'胜利'，是说，以它的内容和技术的杰出，而得到广大的读者，并且给予了读者许多有益的东西。它在中国，也没有出于这例子之外。""那时就知道了俄国文学是我们的导师和朋友。因为从那里面，看见了被压迫者的善良的灵魂，的酸辛，的挣扎，还和 40年代的作品一同烧起希望，和 60 年代的作品一同感到悲哀。""俄国的作品，渐渐地绍介进中国来了，同时也得到了一部分读者的共鸣，只是传布开去。"鲁迅先生的这些见解可以在中国翻译俄苏文学的历程中得到印证。

中国最初的俄国文学作品译介始于 1872 年，在《中西闻见录》的

---

[1] 茅盾：《契诃夫的时代意义》，载《世界文学》1960 年 1 月号。

创刊号上刊载有丁韪良（美国传教士）译的《俄人寓言》一则。[1] 但是从 1872 年至 1919 年将近半个世纪，俄国文学译介的数量甚少，在当时的外国文学译介总量中所占的比重很小。晚清至民国初年，中国的外国文学译介者的目光大都集中在英法等国文学上，直到"五四"时期才更多地移向了"自出新理"（茅盾语）的俄国文学上来。这一点从译介的数量和质量上可以见到。

首先译作数量大增。"五四"时期，俄国文学作品译介在中国"极一时之盛"的局面开始出现。据《中国新文学大系》（史料·索引卷）不完全统计，1919 年后的八年（1920 年至 1927 年），中国翻译外国文学作品，印成单行本的（不计综合性的集子和理论译著）有 190 种，其中俄国为 69 种（在此期间初版的俄国文学作品实为 83 种，另有许多重版书），大大超过任何一个国家，占总数近五分之二，译介之集中可见一斑。再纵向比较，1900 至 1916 年，俄国文学单行本初版数年均不到 0.9 部，1917 至 1919 年为年均 1.7 部，而此后八年则为年均约十部，虽还不能与其后的年代相比，但已显出大幅度跃升的态势。出版的小说单行本译著有：普希金的《甲必丹之女》（即《上尉的女儿》），陀思妥耶夫斯基的《穷人》《主妇》（即《女房东》），屠格涅夫的《前夜》《父与子》《新时代》（即《处女地》），托尔斯泰的《婀娜小史》（即《安娜·卡列尼娜》）、《现身说法》（即《童年·少年·青年》）、《复活》，柯罗连科的《玛加尔的梦》和《盲乐师》、路卜洵的《灰色马》、阿尔志跋绥夫的《工人绥惠略夫》等。[2] 在许多综合性的集子中，俄国文学的译作也占重要位置，还有更多的作品散布在各种期刊上。

其次翻译质量提高。辛亥革命前后至"五四"高潮前，中国的俄国

[1] 可参见笔者在《二十世纪中俄文学关系》（学林出版社，1998；高等教育出版社，2002）中的相关考证。
[2] 这套丛书中收入了这一时期鲁迅译的阿尔志跋绥夫的《工人绥惠略夫》（商务印书馆，1922）和张亚权、耿济之译的柯罗连科的《盲乐师》（商务印书馆，1926）。

文学译介均为转译本，且多为文言。即使一些"名家名译"，如戢翼翚译的普希罄《俄国情史》（即普希金《上尉的女儿》，1903）、马君武译的托尔斯泰的《心狱》（即《复活》，1914）、林纾和陈家麟合译的托尔斯泰的《罗刹因果录》（收八篇短篇，1915）等，也因受当时译风的影响，对原作进行改动或发挥之处颇多，有的译作几近于演述。1919 年以后，译者队伍与译风发生了根本上的变化。一批才气横溢的通俄语的年轻人加入了俄国文学作品翻译的队伍，其中有瞿秋白、耿济之、沈颖、韦素园、曹靖华等。以本套丛书入选译本最多的译者耿济之为例。耿济之早年在俄文专修馆学习，1919 年在《新中国》杂志上发表最初的译作，即托尔斯泰的《真幸福》（即《伊略斯》）和《旅客夜谭》（即《克莱采奏鸣曲》）等作品。20 年代初期，耿济之又有果戈理的《马车》和《疯人日记》、赫尔岑的《鹊贼》、屠格涅夫的《村之月》、奥斯特洛夫斯基的《雷雨》、托尔斯泰的《家庭幸福》和《黑暗之势力》、契诃夫的《侯爵夫人》等重要译作。此后他一发不可收，数十年间译出了大量的俄国文学名著，是中国早期产量最多和态度最严肃的俄国文学译介者。当然，这时期仍有相当一部分翻译家依然利用其他语种的文字在转译俄国文学作品，如鲁迅、周作人、李霁野、郑振铎、赵景深、郭沫若等。这些译者大多学养深厚，译风严谨。鲁迅在 20 年代前期和中期译出了阿尔志跋绥夫的《工人绥惠略夫》《幸福》《医生》和《巴什唐之死》、安德列耶夫的《黯淡的烟霭里》和《书籍》、契诃夫的《连翘》、迦尔洵的《一篇很短的传奇》等不少俄国文学作品。尽管是转译，但翻译的水准受到学界好评。

　　20 世纪二三十年代，中国文坛开始引进苏俄文学。1931 年 12 月，瞿秋白在给鲁迅的信中谈到：有系统地译介苏联文学名著，"这是中国普罗文学者的重要任务之一"[1]。不少出版社在 20 年代末相继推出

[1] 瞿秋白：《论翻译》，见《瞿秋白文集》第 2 卷，人民文学出版社 1954 年版。

"新俄文学"作品专集。最早出现的是由曹靖华辑译、北平未名社 1927
年出版的《白茶（苏俄独幕剧集）》一书。而后，鲁迅、叶灵凤、曹靖
华、蒋光慈、傅东华、冯雪峰和郭沫若等辑译的各种苏联文学作品集相
继问世。这一时期，译出了不少活跃于十月革命前后的苏俄著名作家的
作品。比较重要的有：拉夫列尼约夫的《第四十一》、革拉特珂夫的
《士敏土》、绥拉菲莫维奇的《铁流》、法捷耶夫的《毁灭》、聂维罗夫的
《不走正路的安得伦》、雅科夫列夫的《十月》、伊凡诺夫的《铁甲列车
Nr. 14 - 6》、富曼诺夫的《夏伯阳》、肖洛霍夫的《静静的顿河》（前两
部）和《被开垦的处女地》、奥斯特洛夫斯基的长篇小说《钢铁是怎样
炼成的》、诺维科夫-普里波伊的《对马》、马雅可夫斯基的诗集《呐
喊》、爱伦堡等人的报告文学集《在特鲁厄尔前线》和阿·托尔斯泰的
剧本《丹东之死》等。

　　这一时期，作品被译得最多的作家是高尔基。最早出现的是宋桂煌
从英文转译的《高尔基小说集》（上海民智书局，1928）。这部小说集中
载有《二十六个男和一女》和《拆尔卡士》（即《切尔卡什》）等五篇
作品。最早出现的单行本是沈端先（即夏衍）从日文转译的高尔基的
《母亲》。[1] 30 年代中国出版的有关高尔基的文集、选集和各种单行本
更多，总数达 57 种，如鲁迅编的《戈里基文录》、瞿秋白译的《高尔基
创作选集》、黄源编的《高尔基代表作》、周天民等编选的《高尔基选
集》（六卷）等。此外问世的还有：鲁迅等译的短篇集《恶魔》和《俄
罗斯的童话》、史铁儿（即瞿秋白）译的《不平常的故事》、巴金译的短
篇集《草原故事》、丽尼译的《天蓝的生活》、钱谦吾（即阿英）译的
《劳动的音乐》、蓬子译的《我的童年》、王季愚译的《在人间》、杜畏之
等译的《我的大学》、何素文译的《夏天》、何妨译的《忏悔》、罗稷南
译的《四十年间》、赵璜（即柔石）译的《颓废》（即《阿尔达莫诺夫家

---

[1] 该书 1929 年由上海大江书铺出版第一部，次年出版第二部。

的事业》)、钟石韦译的《三人》、李谊译的《夜店》(即《底层》)和贺知远译的《太阳的孩子们》等。

进入20世纪40年代,由于苏德战争和太平洋战争的爆发,中国文坛把自己的目光转向了苏联卫国战争文学。1942年在上海创刊(1949年终刊)的《苏联文艺》发表的各类作品的总字数达六百多万字,其中大部分是反映苏联卫国战争的文学作品。此外,仅就单行本而言,各出版社出版或重版的此类书籍的数量有百余种之多。这些作品极大地鼓舞了中国人民反抗外族入侵和黑暗统治的斗志。也许今天的人们已经淡忘了它们,有些作品从艺术上看似乎也有些逊色。但是,其中经受住了历史检验的优秀之作,仍值得我们珍视。这一时期,苏联其他一些文学作品也有译介。值得一提的有:肖洛霍夫的《静静的顿河》(全译本)、叶赛宁、勃洛克和马雅可夫斯基合集的《苏联三大诗人代表作》、阿·托尔斯泰的《苦难的历程》和《彼得大帝》、费定的《城与年》、奥斯特洛夫斯基的《暴风雨所诞生的》、潘诺娃的《旅伴》、克雷莫夫的《油船德宾特号》、波列伏依的《真正的人》、卡达耶夫的《时间呀!前进》、列昂诺夫的《索溪》、冈察尔的《旗手》(第一部)、包戈廷的剧本《带枪的人》《苏联名作家专集》(共五辑)等。其中不少名著在这一时期初次被译成中文。可以说,至20世纪40年代末,苏联重要的主流文学作品译介得已相当全面。

1919年以后的30年间,译介到中国的俄苏文学作品产生了巨大的影响。钱谷融教授曾经生动地描述过抗战时期他随学校迁至四川偏远小城,在那里迷上俄国文学的一些情景。他还表示自己"是喝着俄国文学的乳汁而成长的","俄国文学对我的影响不仅仅是在文学方面,它深入到我的血液和骨髓里,我观照万事万物的眼光识力,乃至我的整个心灵,都与俄国文学对我的陶冶薰育之功不可分。我已不记得最先接触到的俄国文学名著是哪一本了,总之是一接到它就立即把我深深地吸引住了,使我如醉如痴,使我废寝忘食。尽管只要是真正的名著,不管它是英、美的，法国的，德国的，还是其他国家的，都能吸引我，都能使我迷醉。但是论其作品数量之多，吸引我的程度之深，则无论哪一国的文学，都比不上俄国文学"。这样的感受和评价在那一时代的知识分子中并不罕见。

由于社会的、历史的和文学的因素使然，中国知识分子（特别是左翼知识分子）强烈地认同俄苏文化中蕴含着的鲜明的民主意识、人道精神和历史使命感。红色中国对俄苏文化表现出空前的热情，俄罗斯优秀的音乐、绘画、舞蹈和文学作品曾风靡整个中国，深刻地影响了几代中国人精神上的成长。除了俄罗斯本土以外，中国读者和观众对俄苏文化的熟悉程度举世无双。在高举斗争旗帜的年代，这种外来文化不仅培育了人们的理想主义的情怀，而且也给予了我们当时的文化所缺乏的那种生活气息和人情味。因此，尽管中俄（苏）两国之间的国家关系几经曲折，但是俄苏文化的影响力却历久而不衰。

在中国译介俄苏文学的漫漫长途中，除了翻译家们所做出的杰出贡献外，还有无数的出版人为此付出了艰辛的努力，甚至冒了巨大的风险。在俄苏文学经典的译著中，我们常常可以看到商务印书馆、中华书局、开明书店、文化生活出版社等出版社的名字，也常常可以看到三联书店的前身生活书店、读书出版社、新知书店的名字。这套丛书中就有：生活书店 1936 年出版的、由周立波翻译的肖洛霍夫的小说《被开垦的处女地》，生活书店 1936 年出版的、由王季愚翻译的高尔基的小说《在人间》，生活书店 1937 年出版的、由周扬和罗稷南翻译的列夫·托尔斯泰的小说《安娜·卡列尼娜》，新知书店 1937 年出版的、由梅益翻译的普里波伊的小说《对马》，读书出版社 1943 年出版的、由王语今翻译的奥斯特洛夫斯基的小说《从暴风雨里所诞生的》，新知书店 1946 年出版的、由梅益翻译的奥斯特洛夫斯基的小说《钢铁是怎样炼成的》，生活书店 1948 年出版的、由罗稷南翻译的高尔基小说《克里·萨木金的一生：四十年间》。熠熠生辉的名家名译，这是现代出版界在中国文化发展史上写就的不可磨灭的一笔。这套丛书的出版也是三联书店文脉传承的写照。

　　尽管由于时代的发展，文字的变迁，丛书中某些译本的表述方式或者人物译名会与当下有所差异，但是这些出自名家之手的早期译本有着独特的价值。名译与名著的辉映，使经典具有了恒久的魅力。相信如今的读者也能从那些原汁原味的译著中品味名著与译家的风采，汲取有益的养料。

陈建华

2018 年 7 月于沪上西郊夏州花园

目　次

译者的话

"我们不承认什么恋爱，"这篇小说里的主人公自负地说，"那只是布尔乔亚的一种事业，而且是要妨碍我们的工作的！健康和能率；规则的饮食；规则的工作时间、休息和娱乐；规则的和女人的关系——那就是最重要的。"

不幸地，在热情和憎恶、爱情和嫉妒的世界里，在不可解的偏爱的恋慕、秘密的烦恼和个人的野心的世界里，这样一个简单的公式不能不使我们的主人公卷入那不幸的纠葛中了。

就在这些不幸的纠葛里，这篇小说的情节被展开着。

粗浅的唯物论的见解，对于最复杂的人间关系和心理的谜的动物学的解释，和放纵的"直接法的恋爱"的横行，使书中的人物卷入了爱欲的旋涡，终而至于酿成了堕胎和枪杀的惨剧。这种现象虽是发生于苏俄的新社会的一隅，但是这只是新性文化的过渡期的现象；这是一部分的，而不是普遍的；这是革命的过程中的许多的"苦恼"之一，而绝不是革命的缔结与理想。现在的苏俄，正如这书的结论所提示的一样，已经体现了一种一夫一妇的、相互信赖的同志的恋爱关系。像这书中所描写的那性的混乱和性的苦恼之姿，在新的男女的脑海中，恐怕不久就会当作一个过去的现象而被遗忘吧。

下面且把本书的作者介绍一下：

作者顾米列夫斯基（Lev Goomilevsky）于一八九〇年生在俄国的亚

特卡纳城（Atkarah），是在伏尔加河旁长大的。他是一个财政部书记的第六个而且最小的一个儿子，在他很小的时候他的父亲就死了，完全靠着他的母亲的两手维持了他们一家的温饱。因了一个慈善机构的帮助，我们的作者得以修完了他的预备学校的课程，但是在喀山大学的第二年上，他终于因财源的断绝而不能不退学了。

他在二十四岁以前就开始了他的文笔生活，他的第一篇小说发表在一九一四年的一个俄国杂志《教化》的四月号上面。从此，他便专心于创作，不断地在许多的杂志和报纸上面发表他的作品。十月革命以后，他从事编辑和教育的工作，常常是在政府的赞助之下的；这个工作，使他获得了这篇小说的惊人的题材。

我们的译文是根据 Vanguard Press 出版的 *N. P. Wredeu* 的英译本，并参照了黑田辰男的日译。遇着两种译文略有出入之处，则全依英译；只有每章的标题是依照日译的，因为日译比较醒目一点。

译者　1931.5.26

第一部　九点钟以后

第一章

"恋爱的奴隶"

到后来才差不多被法庭的判决的那峻烈的公平所解开了的悲剧的结，无疑地在维娜和霍洛合林的最初会见的时候就缠结起来了。

刑事上的调查，我们城里的千万人的风评，全国的舆论，都不会把它完全解开过；甚至几多的议论、报告、讲演和评论都不足以究明它。一直到现在，这可怕的结还是依旧纠缠着。其所以这样，也许一个原因就是在于谁都没有想到从那最初的结口解起；反之，所有探究着这幕悲剧的人们都是从最后的结口解起的。

比方，在上演于莫斯科的剧场，而且根据着发生于我们中间的实事的那取着"恋爱的奴隶"这样一个漂亮的题名的剧本中，便一点也没有说及这两个主要角色的最初的会面。不知道这两个主要角色的结识的开始，不明白存在于他们两人之间的那真正的关系，这位不知名的作者只热心于剧的境遇和非常表面地随其心之所欲来处理着这个材料。然而，这个剧本却在所有的小城市里上演过，甚至我们自己的俱乐部的非职业剧团也把它采取了，但是它对于这个事件是一点新的贡献也没有的。

　　而且这位从没有到我们城里来过的作者把许多的街名弄错了，把波洛夫描写作一个老人，把安娜说话的声音变成了乱暴的口调。一切这些错误使我们本地的观众为之捧腹。我们的演员极力想把剧中的事实照实实在在所发生的一样改造一遍，但是他们又不便把原作妄加修改，所以在我们城里这个剧本是一个决定的失败。

　　在所有的剧院里开映了甚至输到外国去的这个电影，制作得好像一个什么普通的侦探故事一样。在那里面，一切注意都集中于迅速的、力学的动作和事件的纠纷而复杂的过程。主要的事实虽被正确地表现了出来，但是地方色彩的缺乏和心理背景的忽略使得这个影片一点价值也没有了，虽然对于电影的原则是很遵守的。

　　这个影片的题名，"性的奴隶"，也给我们以不快的印象。这题名是廉价的，耸人听闻的，而且是不合于事实的。总之，我们对于这个影片非常失望。它把一切的事情降到了一个普通的淫猥的故事的地平线上，而且在我们所已经知道的以外是一点什么也没有补充。

　　关于这个悲剧的报纸上面的报告非常枯燥无味，而且缺乏必要的详细性和心理上的领会。结果，在莫斯科的共产党的最近的会议上，关于共产主义青年团的问题的演说者仅仅引证了这个事件的事实，一点也没有想把这些问题来分析一下或是找出一个什么结论来。在他的演说以后的讨论中，我们城里的代表们都极力想那样做，而且在某种程度是成功了。

　　这就是在执行委员会的最后的会期内。一个演说者在讨论关于结婚法的提案的时候，便力图把从我们的代表们得来的材料的一部分利用了。

　　在杂志上的论文中，有些作者极力想从分析当事人的生活着手来探究这个事件。这也是于事无补的——这甚至因为把与主要的当事人的行动和一切都达到了顶点的最后的悲剧皆无关系的那些不必要的详情、名字、日期和琐细的事件堆积着，反而足以使这个事件的重要之点暧昧不明。就一切剧中人的生活而论，明了了的唯一的事件便是佐雅阿苏金的个人的悲剧，但是她的生活的历史并不需要什么特别的说明，因为阿苏金的父亲自动地现身于这舞台了。

总而言之，传记的详细并没有说明什么。

我们的任务便是把一切过去的事实照它们发生时的那形式和顺序再现着。在关于这些事件的每个新的发觉和每个细节中的那特别巨大的利益使我们负了一个唯一的义务：事实之详细的、正确的而且公平的开陈。

我们并不想下什么结论，纵令那结论非常地可取，像沙门华杜夫教授在他的论文《犯罪史中之心理的资料，得自犯罪人的手书之解剖》中所下的一样。依照我们的计划，我们就把这封信全部公开，让读者去下他自己的结论吧。

同时我们也不要像一个职业的作家一样，把这个故事仅仅当作一种小说的题材利用着。我们只是提供着一个不加修饰的、现存的、真实的事件的记录而已。

事实为它们自己说出来，再也没有什么事情比这个事件中的事实之单纯的、公平的而又正确的开陈更为可靠，更于那结的解开有益了。

结的打成是在最初会见的时候开始的。

我们的故事也是从那个时候开始。

第二章

拥挤的电车中展开着的恋爱事件

去年冬末的时候，霍洛合林正在从大学回家。

照例在这个时刻，电车内总是拥挤得无以复加的。在毛的上衣、外套和帽子的混杂之中，要认清什么人是很困难的，而且望着那些还没有把一天的劳动之后的忧郁的阴影除掉的面孔也没有什么乐趣。

他站在通路的中间，把他的两手搁在椅子背上，抵抗着他的同车乘客的推挤，极力保持着他的身体的平衡。旧的电车在每个轨道的接合处颠簸着，向两边摇动着，把车中的拥挤的人们震荡着，好像它是一个装着许多的无生物的货箱似的。

他的前面的一个什么人在读着一张晚报。霍洛合林百无聊赖地从肩膊上面窥看着那城市新闻。正在这个当儿，他明白地感觉到在他的搁在椅子背上的那个没有戴手套的手上放了一个轻轻的、温暖的手——一个好像刚刚脱下手套的手。他把他的手让开，继续读着关于一个农夫在城里的市场上受了骗的纪事，但是那只手跟着他的手来了，而当他决心把他自己的手移开的时候，他感到一种紧紧的压力。他吃了一惊，望了一望那追求着的手。他的视线沿着那有雪白的毛皮的袖口的蓝色大皮的袖偷偷上去，一直到它上到了一副隐在雪白的毛皮堆里的美丽的，但是不相识的女郎的面孔。这面孔是绝对的镇静，也许只有在带着一种假装的无关心的态度注视着窗外的冰霜的那双蓝色的眼睛里面，一个微笑闪耀着，好似电灯的反射一般。但是就连这双眼睛也因为在戴到额上来了的帽子之下而不能够看一个清楚。

霍洛合林又一度想悄悄地把他的手抽开，但是那只手好像一个蹲伏着的动物一般，愈见紧紧地压着他的手了。

事情一点也不是偶然。他坚决地抓住那女郎的手，紧紧地把它握着。她也答之以紧握。霍洛合林回头一看，这女郎还是悠然地向窗外眺望着。他愉快地把头转向别处，但是他并没有把那手放松——反之，他把它温暖而抚摩着。

电车中的单调的嘈杂之声似乎获得了新的生命。暗淡的灯光变得明亮起来了。霍洛合林带着他的胸和颈的那不惹人注意的自负的动作，挺着身子，望着那女郎。她真是美丽极了。在一个这么坦白而迅速地展开着的奇遇中，很少有能够引起他的兴味的地方。在这战栗的女性的手掌放射的热之中，有件事情太明显了，结局怎样是可以预知的。这个中间在他看来并没有什么奇遇。

对于像这种他认为无关轻重的事情，不惯尽想，他迅速地转向着他的邻人：

"喂——"他开始说。

但是她没有回答，而且带着一种这么固定而庄重的表情向窗外眺望，使得他不能不向下面看了好几次，看他是不是确确实实在执着她的手。

霍洛合林向这女郎看了一看以后，把他的视线移到别的面孔上去了。谁也没有注意到他们的手，谁也没有猜想到这个瞬间缠结着的那可怕的结。站在他的旁边的一个工程师正在很留心地翻着报纸的页，恐怕把它挨到他的邻人们的面上去了；一个形容枯槁的老太婆在瞌睡着；那些坐在窗旁的人们正在努力把冰霜吹融，以便向外面眺望；一个胖子，穿着一件使他成了四角形的新而且硬的外套，一动也不动地坐着，望着他自己的手杖；车掌在数着车票，把乘客们向前方推动。

霍洛合林傲岸地向一切的人们顾盼着——不无一种他的自己的优越之感。不是像许多其他的青年一样，仅仅因为一个美貌的女郎在许多的人中独赏识了他，而亦因为在这年轻女郎的大胆的坦白之中他看到了对于布尔乔亚的新的人间的胜利，他们（布尔乔亚）都只关心着他们自己的事务，一点也没有注意到，挨近他们，就在他们的中间，一个男人和一个女人正在对着面，而且毫不客气地服从着他们的自然的欲望，手携着手，作为今后的结合的标征。

霍洛合林的思潮突然变了，刚刚使他高兴了一番的那胜利之感消失了。他半闭着眼睛，他想道："我今天需要女人吗?"——在他能够回答之前，他又碰到了另一个问题：

"这值得浪费一晚的时间吗?"

他想到了他将不能不同这位坦白的女郎走到的那道路的尽头。道路的单调使他气馁。这好像是打算到饮食店里去饮酒、吃饭，于是把账付了，仅仅是要了却这一切。在这两个事例里都没有什么不可预知的地方，于是，张开他的眼睛，他想道：

"我最好还是去看看许尔曼吧……然后预备一个实验室里的报告……但是她到底是谁呢?……"

他看不见隐在白色的蓬乱的毛皮堆里的她的面孔。她站在他的面前，向窗外眺望着，没有移动着她的手。不管他怎样目不转睛地盯着她的面孔，她依然是不可思议和不变的镇静。无论什么时候，她是可以悻然而去，连头也不回地走开的。那时候，假使他要抓住她的话，她是可以给他一个充满了故作惊奇的颜色的。

愤怒地，他使劲地紧握着她的手。这时候这女郎还是不动，但是在一分钟之后她向门口走去，拉着他跟在她的后面。这是一点错误也没有的。霍洛合林把别人推在旁边，跟着她跳下车去，当车已经开动了的时候。

她在等着他。

"你没有跌跤吗?"

"没有。"

"你为什么在这里下来呢，霍洛合林同志?"

"你是什么意思?"——他问。

"你平常总是在莫斯科街下车啦!"

"你呢?"

"哦，我差不多到家了。"

他走近她，望着她的眼睛，挽着她的臂，开始和她并肩走着。

"别开玩笑! 你怎么认识我的?"

她笑着。

"所有的学生大概都认识你，因为你是校务会的我们的代表啦……"

"但是我不认识你!"

"哦，我们有三百人，而你只有一个人呀!"

"你是医科的吗?"

"是的!"

"你的名字叫作什么?"

"维娜瓦柯夫。"

"哦，对啦。"——他嗫嚅着，这个奇遇的全部他通通明了了。他从学生调查知道了她，他从他的同学们听到了关于她的事，现在他才记起来了她就是维娜瓦柯夫，她的名字总是被人家带着愤怒的嘲笑和明显的讽示拿来与波洛夫教授的名字连在一起的。

维娜注意了霍洛合林的感叹中的那回忆的调子。

"什么?"——她唐突地问。

他没有回答。带着更强的执拗，她重复着说：

"你讲什么？你知道我吗？"

"是的"——他慢慢地说——"我知道你。我听见过关于你的事情。"

"你听见过什么？"

"同旁人所听见的一样。"

"关于波洛夫的事情吗？"

他沉思地点点头，她耸耸她的肩。

"那并不是我的过呀！"

"我知道。"他点点头。

听见过这件事情，听见过波洛夫与这位女医学生的那奇妙的关系的不只霍洛合林一人而已，全校都知道这件事，而工科的学生们仅仅为了这个原因，竟至不许那教授来授课了。

"我把他送走了，"维娜简单地说明着，极力想把这件她不能不对每个新的朋友说的事情尽快地说明着，"我们中间的一切关系都断绝了。他向我立了誓再不来看我了……"

霍洛合林惊讶地望着她，但是立即点了点头，预先就同意着她所要说的无论什么话，因为那些话都是与他无关的。但是，无意识地，他不住地想着波洛夫的事情，现在他才明白为什么波洛夫坐在大学对面的咖啡店里的窗旁，一坐就坐得好几个钟头：他是在等着维娜，在学校庭园里徘徊着，嘴里老是衔着一根纸烟，用狂热地辉耀着的眼睛，向教室里窥看着，寻找维娜。

"他当然是忠于他自己的，"霍洛合林诙谐地说，"而且要他守约也不是一件容易的事。"

"其他的人都愿意帮助他呢。"维娜镇静地说。

这是真的：朋友们，同学们，工科的学生们——大家都愿意把她藏隐以免波洛夫看见。有时候他也偶然遇见她，但是他再也没有和她私下谈一句话的机会了：立刻就有什么人走上前来，于是非常愉快地把这位女郎救了出来，免得她要痛苦地向他解释。

"你占据了他的全部的心呢。"霍洛合林摇摇他的头，于是，一想到用尽种种的方法去竭力避免另一个男子的这位女郎竟愿意这么易易地委身于他，又不禁有扬扬自得之感。

"是的，不幸得很，"维娜回答着，好似一阵突如其来的忧愁的乌云笼罩了她的面孔，"而且他本是可以成为一个伟大人物的！"

"当然。"

这是真的，在他的经历的最初便表现了前途大有希望的波洛夫正在日趋堕落。只有上级的学生还记得他的那最初的精彩的生物学讲义。在去年他的讲义是这样贫乏可怜，从他的第三次讲义以后，他的讲堂从没有坐满过一半了。

由波洛夫口中说出的那段关于工科学生拒绝他的授课的滑稽的故事成为大学中的永远的话柄，而其他年纪老一点的教授们只得摇摇他们的头、耸耸他们的肩而已。

想到这些事情，霍洛合林也把他的头摇了一摇：

"这一切都不爽快而且可恶啊！"

"什么！"维娜突然冒火了，"什么事情可恶？他的恋爱吗？"

"一切的事情，尤其是恋爱！我们不承认有什么恋爱！"他傲然地说，"这只是布尔乔亚的一种发明！懒人的一种娱乐！"

"这样的吗？"她嘲笑地回答。

霍洛合林注意地望着这女郎。他记忆着他所知道的她的故事，于是，他记起来了他以前曾经看见过她的面孔，虽然不是在亮光之下，而是在黄昏的时候，隐在蓬乱的毛皮里，却是一副温柔的、玫瑰色的面孔，带着因嫌恶而突出的嘴唇，在解剖室中俯向着一个尸体的破碎支离的形体。

霍洛合林感到冷淡和寡味。但是这有着明显的结局的奇异的恋爱事件已经开始了，如果他不肯牺牲男性的自尊心的话，那么这件事已经是欲罢不能了。霍洛合林紧紧地挽着她的臂，愈见毅然地向前走着。

"你住在什么地方？在这里，在狗胡同吗？"

"是的。我们差不多到了，就是有街灯的那第三家……"

"我可以进去坐坐吗？"

"怎么不可以呢？"

她迅速地回转头来，用她蓝色眼睛那奇妙的视线注视着他。他感觉到好似一只蜘蛛用网把他包围了一样。霍洛合林叹了一口气，并没有想把它忍住，于是说道：

"好，我们就去吧！"

他的声调听来似乎是这样地令人不快，她几乎抽身走开了。但是她抑制了她的愤怒，把自己更加紧紧地贴近着他，说道：

"这是多么不可思议啊！就是在昨晚，当你正在读着你的研究报告的时候……我从远处望着你，想道：假使同他这样手挽手地走着的时候，会感觉得怎样呢……而现在我竟……"

"哦，到底感觉得怎样呢？"他微笑着。

她的话温暖了他的心，但是同时使他想到明天有一个会议，如果他不到实验室里去工作的话，他就必得预备一个研究报告，那就是说他必得坐在他的房里思想着、饮着茶、吸着烟，而且听着那公共宿舍变得寂静无声——厨房，然后走廊，然后各室——一个一个的。

他摆脱了这些思想，当然一个人到了二十岁的时候没有一个女人是不能够生活和保持他的精神的平衡的，他以为。他相信他之所以保持了他的精神的平衡，完全是因为他能够常常很不费力地找到一个女人而把她利用，没有使任何被压抑的欲望发长。

他从眼角里瞥着那女郎。实在地，谁也不会把这么一个有利的、聪明的而又必要的消遣的机会放过。他更加紧紧地贴近着她，经过一个大门，他们走到天井里面来了，他跟着她走上通到第三层楼去的那陡峭而龌龊的阶梯。

"你一个人住吗？"

"一个人。我假使同旁的什么人住的话，那我真不晓得会弄成什么样子……我简直会把我自己吊死呢！"

"假使你有一个男人呢？"

"那有什么关系，"她大笑着说，"为什么一定要同男人住在一起呢？第一，那会弄得倦怠得不得了，而且妨碍……"

"妨碍什么？"

"妨碍别的男人！你们男子也不是一生当中有一个女人就满足了呀。"

"那是不错的，但是……"

他找不出什么话来说，维娜高声大笑，走到她的住室的门前来了。她拿自己的钥匙把门开开，带着她的客通过厨房走到一间小小的房里去。立定了他的主意，他驯良地跟着她。现在他的唯一的希望就是赶快把那事干完，以便他还有时间去从事他的研究报告。到实验室里去会太迟了——无论如何，过了九点钟以后许尔曼是不会等他了。

这个小小的房间很黑暗且乱七八糟，壁上用头钉钉着许多的明信片和从杂志上面剪下的无价值的图画。它们的张贴的那奇怪的样式以及与这位女人毫无关系的那画的内容，看起来它们贴在那里与其说为了要满足什么人的美的欲望，倒不如说是为了要把那墙壁掩饰起来。霍洛合林站住了，向周围打量了一下，于是在一把有着一个大孔的圈手椅上坐了下来。

望着正在连忙把散在椅子、床铺和桌子上面的东西捡清的维娜，他交叉着他的两腿，预备等待着。

第三章

穿着闺衣的共产主义女子同盟员

"我要换衣，"维娜一面说，一面把椅子、碗碟和食柜的门弄得噼噼啪啪地响，"我的日子分做两部分：九点钟以前我工作，那就是……读书、听讲、社会劳动……在晚上，九点钟以后，我便什么事都没有了！我过着我个人的私生活！我一换上不同的衣服，我自己也就变得不同了……只一会儿……"

"快点。"他粗暴地说。

"你急吗？你什么时候都可以走呀！"

"不，我只是这么说……我一点也不急！"

"那好极了。"

她走得这么挨近他，他们的膝接触了。

"你的安娜和我是好朋友呢。你知道吗？"

"是的，我现在记起来了。"他点点头。

维娜把她的两手投在她的头的后面。

"这真正好极了，我们都是新的人物，就是安娜看见你在这里，她也不会扯我的头发呢！"

"那当然的！"

"我很喜欢她。你是这么坚定，我一点也不觉得奇怪呢。你对于你所做的一切事情都是这么坚定吗？"

"是的，"他带着一种昂然的态度举起他的头来，"我对于凡是于我的健康有益的习惯总是很坚定的。我规定了我的饮食，我的工作时间，我的散步，我的休息，我的同女人的关系……那就是最重要的！"

"你是一个这样的人吗！"她大笑起来，走到一个藏衣的耳房里面去了。她从那半掩的门里继续着谈话。

"只一会儿。我要脱去我的围巾和衣服。你知道，在家里穿着在实验室里工作的衣服简直不行啊……整整的一天我工作着，到了九点钟以后我的私生活便开始了。你想这不是一个很好的办法吗？"

"当然哟！"

他听了她换衣服的声音。他动也不动地坐着，他的眼睛半闭着，他的手指在圈手椅上敲着。他现在是否需要女人这问题又浮上了他的心头，他还是找不着一个回答，于是开始想着这女郎和那将要发生的事。

对于这个问题的回答似乎自然而然地出来了。

"认真地讲起来，"他冷静地想道，"一个人在一个星期中只不可以同女人发生两三度以上的关系。这是精妙的医学上的见解。上一次是在前天……哦，对啦。这不仅是可以的，这而且是必要的！"他微笑地立起身来，向那耳房望着。

"你快出来了吗？维娜？"

"只一会儿。"

"当你把你的衣服脱下来了的时候，我想用不着再穿上旁的衣服了。"

"你不要管这些闲事啊。"她说，同时开开门，走进来。

霍洛合林被惊倒了。维娜微笑地站在他的面前，她贴肉穿着一件艳丽的闺衣，看来真是美貌极了。欣欣然望着她的客人的狼狈，她走到床前，说道：

"喂，霍洛合林，我要躺一躺，我疲倦了。"

她把她的身子躺在床上，她的裸着的两腿从闺衣底下露了出来。

"你，"她继续着说，"可以拖一把椅子来坐着跟我谈谈。怎么样？"

霍洛合林立起身来，从房中走过去。他望着挂在椅子上面的他的大衣，想道："我最好赶快，免得我浪费整整的一个晚间。"但是他怎么也不能够离开那裸着的两腿。几乎叹了一口气地，他走到维娜的面前，望着她，遭着她的不高兴的凝视，瞥着她的裸着的颈，俯身吻着她的半闭的嘴唇。突然，好像把他自己征服了似的，他走开去，开始脱起衣服来。

"你在做什么？"

她说这句话的高声和她的声调中的威吓使他回转了身来。维娜的两腿盘曲着，坐在床上望着他。他把他的大衣投在椅上，一动也不动，注视着那憎恶的感情是怎样突然地使她的面貌变得丑恶了。

"滚开！马上从这里滚出去！"

他颤抖着，满面通红。

"为什么？"

"滚出去，滚出去，"她大声叫着，"滚出去！你弄错了呢！我不是卖淫妇呀！你……你……"

她连气都不能够吐了。霍洛合林被惊骇了。

"但是你自己……你……"

"我怎样？"她跳将起来，"是的，我委身别人……但是只有当我感到了情热，当我发生了爱情……但是你马上就脱起衣服来，连一句话也没有说！滚出去吧！"

她顿着她的脚。

"滚出去吧！我不是拍卖品啦。滚出去吧！"

霍洛合林耸耸他的肩，苦笑地伸着他的两手。

"是的，是的！但是这有什么关系呢？"

"滚出去吧！穿起你的衣服死出去吧！我不是一个可以让你在这里脱下你的衣服的那样的卖淫妇啦……"

"那样子便利得多呀……"

她用两手抓着她的头。当她动着的时候，他瞥见了她的裸着的手臂和肩膊。

"滚出去吧！我需要着情欲、热情、火热！而你竟一句话也没有说！"

霍洛合林走向她——她向后退着，他伸张着的两手无力地下垂着。

"哦，维娜！你还要我说什么话吗？"

他本应当依旧遵守着他的信仰和主义而立刻走开以了结这幕布尔乔亚的趣剧的，但是奇怪得很，她的雪白的手臂好似在他的眼前游着的天鹅一般，却不让他走。他只想吻吻那手臂了。

"你到底走不走？"她喊着。

"不，为什么？如果你要我说一些什么话，我可以……"

她带着嫌恶和鄙视望着他。霍洛合林羞答答地扣起他的衣服，迅速地低声说道：

"好的，如果你要我……"

"我要你滚！"

"但是，维娜——"

"滚出去吧！"

霍洛合林耸耸他的肩，穿起他的大衣，戴起他的帽子，始终以为她是不会让他走的。她一声不响地站在那里等着。当他已经穿好了衣服的时候，要再来跟她说话，向她谢罪，那未免过于滑稽。他坚决地走到她面前：

"你真的生气了吗？"

"滚出去吧!"她又高声叫着。

"再会!"他也生气起来了。

踌躇了一下之后,他带着他脸上那难看的近乎可怜的强颜为笑的表情伸出他的手来。

"你这蠢猪!"她向他张开着的手掌里唾着。

他带着愤怒的威吓捏着他的拳头,但是立刻把自己抑制了,笨拙地撞了那门,转了门的捏手,于是走了出去。

他从厨房里跑去,把一个在火炉边工作着的女人推在侧边,又一度走到阶梯上面来了。

血涌上了他的面孔,他好像小孩一样满脸涨红。他因为这个晚上的时间毕竟可以听他任意使用而欢喜了片刻,但是在这黑暗的、恶浊的阶梯上,他突然感觉到他是被侮辱了。

在这种感情中,有些事情使他想起波洛夫来了。恰如在最黑暗的夜里的电光的一闪,突然使人们瞥见了屋顶和礼拜堂的尖塔似的,这个晚上突然使他了解在波洛夫与这个女子的关系中的多少事情了,这些事情他以前是怎么也不能够理解的。

但是他微笑着,感到了他的优越、他的力量,于是静静地走下阶梯,想着这个晚上所经过的事情,突然他为失望、未实现的希望、失去的欢乐的痛苦所压倒了。屈辱的感情愈见尖锐,但是那穿着艳丽的闺衣的女郎,她那裸着的膝、她那放在他的手上的手,却还是一样地令人怀想。他站住了脚,几乎回转身来了。

这是一种可怕的感情——一种他所不能够解释,他以前所从没有经验过的感情。防御着想回转去用种种方法使一切事情恢复原状的那卑屈的欲望,他望着他的手掌,极力想把那愤怒的情状回忆起来,借以消灭一切其他的思想。但是,正在他的手上的那女人的肉体的痕迹反而使他更加兴奋起来了。

他又把自己抑制了,他的素常的神志清明又回复了。这是很明了的，他是失了他的精神的平衡以致有些行为弄得同波洛夫一样了；这一切都是因为那天晚上他的对于女人的自然要求没有照常满足的缘故。

他惊叹着自己的思想的清楚，他傲岸地耸耸他的肩。

他认为他自己是一个坚决的、沉着的、健康的、常态的、富有精力而又非常活动的人。为了他的内部的这些性质的实现，他立刻行动起来。需要做的事情就是去找一个适当的女人，用一种自然的肉体的行为来把必要的精神的平衡恢复。

向左右环顾着，好似是在叫周围的事物为证，霍洛合林想道：

"假如我觉得饿了，而且我的神经也因为饿的缘故而变得奇奇怪怪了，那么我就须得去吃点什么东西呀。我现在须得做什么事已经是明明白白了。"

他好像一个胜利者似的微笑着，把他的帽子拉下一点，把他的两手插在他的口袋里，带着一种稳固的且他自以为镇定的步调从天井里走过。

他在门外站住了，在决定到什么地方去，于是转向右边，开步向学生俱乐部走去。

第四章

布尔乔亚的气质呀！尽你们的量去接吻，去互相拥抱吧！

在我们前面说及过的那剧本中，从没有到我们的城里来过的那位作者把学生俱乐部弄到大学的教堂里面去了。这是不对的，而且绝无对的道理，因为这个大学是刚刚在大战和革命前建筑的。我们连一个教堂也没有；只有一个做了尸体陈列所，而且现在还是做那个用的小教堂。你总不能够从一个仅仅陈列半打尸体的那样的建筑物里做出一个什么俱乐部来呀！

实际上，学校俱乐部挨近大学——它在以前的建筑事务所。管理大学的建筑的这事务所，而今搬到在革命以前为节酒会所经营着的那吃茶店去了。这建筑物正合于这个新的目的，而且它是在凯赛广场的上面，正在学校场地的边上。

俱乐部的这个新的场所是很便利的，从前的许多瓷器还残留着，学生们便把它们拿来做了俱乐部的小饮食店的用品。那间大的食堂做了体操室；其他的房间，如以前的管理者的住室及其他之类，做了读书室、小饮食店和座谈室。

所有的学生们非常喜欢俱乐部，它一天到晚总是人满满的：有的下棋；有的排戏；乐队练习着新的进行曲；编辑们为壁报写文章；小饮食店里的玻璃杯的锵锵之声可以听到；管理者常常站在体操室的门前，十分不安地注视着在体育家们的脚下轧轧地响着的那旧了的地板。

凡是要研究我们的青年的人都一定要从俱乐部着手，所以剧本的作者把这个悲剧的第二和第四幕都放在俱乐部，这一点是值得相当的钦佩的，虽说他把俱乐部的地点弄到教堂里面去了。

在开映获得了大的成功，而且把事件的大半正确地表现了的那电影中，竟没有俱乐部的出现，甚至连许多重要的关系人都没有，这倒也是一件有趣的事情。

比方，佐雅阿苏金便没有在那电影中出现。

出现于银幕之上的，只有阿苏金的父亲，在这个悲剧中演了一个只是当作他的日常的职务而并没有什么自私的动机的那样的活跃的角色。就令他表现了一种至少在我们的罪犯调查者当中异乎寻常的野心，那也因为他不过是一个十分忠实的职务家而已。

省略像佐雅阿苏金这样一个重要的人物，而只追求着低廉的效果，这不能不说是这位电影脚本作者的轻率之处。

就是在我们的悲剧的最初的结被打成了的这个晚上，佐雅阿苏金因为种种环境的关系，成为我们的故事中的最重要的人物之一，而且从那时以后她甚至多少影响了这个事件的发展。

就是在那天抱着再也不回到她的父亲那里去了的坚定的决心离开了她的家庭以后，不知道走到什么地方去，从什么地方开始，她走到俱乐部去了。

在这里，她第一次感到了孤单无着，感到了自己成了一个局外人。所有知道她的人们都听到她被开除了，而且都对于地方委员会是否会容纳她这事发生了很大的疑问。要想她的以前的朋友在知道了她被开除的原因以后还是对她不改变态度，那是不可能了。

　　佐雅站在窗旁，为压抑在她的胸里的呜咽，为寒冷而战栗着。她从她的眼泪里什么东西都看不见了，她的蓝色的眼睛朦朦胧胧了，她那拼命地忍住小孩子似的啼哭的嘴唇突出了。

　　这便是安娜丽金斯奇看见她的时候她的样子。

　　俱乐部里的灯还没有燃，外面的雪和窗上的霜把她们的反映射了进来。佐雅的面孔好像一个人形玩具似的暗淡而无生气。她的深沉的眼睛和她的优雅的、圆圆的、修饰得漂漂亮亮的头一动也不动。她倚窗呆立，甚至当安娜触着她的肩膊的时候，还是不动。

　　"你在做什么呢，阿苏金？你好像在哭呀！"

　　安娜丽金斯奇是我们公认为美人的。她那丰富的头发在她的头后面结了一个紧的结节。她用挑拨的眼睛望着一切的人们，那种眼睛是与她那光灿的嘴唇、她那高高的胸膛和她那一般的样子非常相称的：她吸引着人们，而且一心想吸引着他们。在她的样子、她活泼的姿势和动作中，时时有一种要用言语和行动向任何布尔乔亚的思想或是行为决战的那样的强有力的欲望。

　　"阿苏金，你怎么的？"

　　佐雅望着她，低低地说：

　　"你知道。"

　　"有什么新的事情吗？"

　　"地方委员会不容纳我。"

　　"为什么？"

　　"因为我的父亲曾经做过牧师。"

　　安娜耸耸她的肩。

　　"你早就应该料到的。你到地方委员会去了吗？"

　　佐雅点点头。也许是因为这个动作，也许是因为关于发生了的事情的回忆，两行眼泪从她的眼睛里面流了出来。安娜粗暴地把她的手臂推了一下。

"忘了你的布尔乔亚的习气吧，阿苏金！为什么这样感伤？你到地方委员会去了吗？他们对你怎么样讲？你跟哪个说的？跟叶戈洛夫吗？他怎么样讲？"

佐雅吞下她的眼泪。

"他说我的荐举虽是很好，但组织还没有可以使一个新的分子同化的力量，特别是一个像我这样生来属于另一阵营的分子。"

"你怎么说呢？"

"我能够说什么呢？"佐雅拭去她的眼泪，自负地挺着身子，"我说也许你是对的，但是我既被大学开除，又不能加入青年共产党，那么我就只有一条出路可走了……"

"多傻哟！那是布尔乔亚的出路呀！"安娜插着嘴说，"我从你的面上就可以知道你在想着的事情！好吧。他怎么样讲呢？"

"他说这就足见我们并没有错误，你一定是一个不良的共产党员。我们都是人类——我们都不能没有错误。难道说仅仅因为你的地方委员会错误了，你就不惜自杀吗？你一定要证明给我们看，我们不容纳你，这是我们错误了。"

佐雅转向窗前，动了一动她的肩膊：

"我怎么能够证明呢？"

"傻瓜！"安娜说，"拿你的工作，拿你的行为呀！他是对的，我总觉得他是一个聪明的人呢！哦，以后怎样？"

"我便离开家庭了。"

"对啦！老早就应该这么做的。好极了！你一定要由霍洛合林去极力向组织说一说。组织也许会为你争到胜利的。如果那还是没有效果的话——就到省委员会去吧！你不能够让它这样呀！"

安娜带着决心和她那素常的自信说。见惯了安娜的这种神气的佐雅一点也鼓不起勇气来，抱着羡慕和忧愁，注视着在前面走过去的工人们和她的以前的同学。她转向别处，低声地说：

"不，还是一死了结的好！我再能够到什么地方去呢？"

安娜又把她的手臂推了一下。

"你这傻瓜，你想都不应该想些这样的事情呀！我们应该想一想你暂时住到什么地方去好呢！"她加说着。

这个问题立刻捉住了她的注意，一会儿工夫她坐在窗槛上面提出了一打的不同的计划。

"第一个问题：你住到什么地方去呢？真糟糕透了，我偏偏住在公共宿舍，而且那里又严格得非常——无论什么人你都不能够带进去……"

"尤其是像我这样的人。"佐雅带着一种深沉的声调插着嘴说。

"哦，即使是那样！你又怎么办呢？屈服吧！把自己淹死，把自己缢死吧？你真是一个布尔乔亚，阿苏金！我可以立刻把你安置，如果你要我这样做的话。我可以把你好好地安置！"

"怎样？"

"如果不是为了你那愚昧的感情和那布尔乔亚的迷信的话，我是可以把你好好地安置的。"

"是的，但是怎样？"

"简单极了，"安娜带着一种不自然的粗暴，但是非常认真地说，"不是有许多男孩子正在望着你吗？每个人都需要一个女人啦。跟卡立雪夫谈谈看吧：他有一个很好的房间，你们可以住在一道……他甚至可以和你一起登记呢！"

"那样的吗？"佐雅摇摇她的头，忧郁地加说着，"安娜，我如果不是这么深深地知道你，我是连话也不会同你再说了呢。"

安娜只得摇摇她的手。

"你看？我知道！你在为什么人保留着你的身体呢，你在等待着什么样的销魂王子呢——我真想象不到！这于你不是一样吗？他也是一个健康的很好的男子……我真不解！无论怎样，没有男子你总不能生活下去呀！这有什么问题呢？"

"现在我们不要争论这个了吧，我不喜欢这个。你还有旁的什么办法吗？"

"我去同一个人商量商量看。我一定给你找一个住的地方，你可以信赖我，但是，在我个人，我是连找也不会再找旁的什么地方了。你为什么不可以同一个合意的男同志住一住呢？为什么？"

"哦，别讲这个了吧，安娜！"

安娜不作声了，踌躇了一会儿，于是立起身来：

"你可以应许我不从这里走开吗？我就跑下去问一问看。"

"我没有什么地方去啦。我一定等你！"

"你可以应许我吗？"

佐雅破涕为笑，正在这个当儿，燃了的那俱乐部的电灯和表示了隐藏着的爱与衷心的亲切的她的朋友的那粗暴的执拗颇使佐雅高兴起来了。

"我应许你。"她说。

安娜在出口紧紧地和她握了一握手，立刻不见了。佐雅目送着她，微笑着，摸摸她的发热的前额。安娜的爱，虽为粗暴所隐蔽，深深地感动了佐雅的心，不过安娜的话是难于相信的，所以关于那唯一的出路的可怕的念头又浮上了她的脑海。她在家里的那最后一幕至今犹历历如在她的目前，好像一个重的东西压在她的肩膊和她的胸口上面一般——甚至使得她连呼吸都觉困难了。

佐雅转向窗前，把她的脸挨着那冰冷的平静的玻璃。轻微地而且温柔地，什么人触着她的手：

"丽金斯奇同志叫我过来的。你有什么事呢？"

佐雅吃了一惊，回转头来望着。科罗列夫正挨着她坐在窗槛上面。看了她的眼睛里面的那还没有干的眼泪，他带着一种静静的温柔俯身向着她。

"有什么事呢?"他继续着说,想给她一个时间把惊慌镇压,"我一点也不知道。我在等着你……象棋竞赛快要开始了……佐雅,我是在做最末一场的竞赛呢……"

佐雅垂着她的头。

"我被大学开除了……"她说。

"这个我们已经谈及过的!"

"地方委员会不容纳我……"

"这个我也知道的,佐雅。"

"我今天离开家庭了……"

"这个我也听见了。"

"我现在怎么办呢?"

塞尼亚执着她的手。

"让我把这可恶的竞赛弄完了再说吧!我的心完全在象棋上面……但是我已经对西波雪维奇说了。这不是那么容易的,但是当我把一切关于你的事情告诉他的时候,他是会给你在工厂里找一个工作的。在那里工作了一年以后,你就可以自主了,你就可以得到入学的资格。如果你应得的话,而你的家系也就可以无碍于你了。你不能够忍耐这么久吗?"

佐雅满面涨红着。

"我就十年都能够忍耐呢——并没有什么要忍耐的事情。"

"丽金斯奇会给你找一个什么地方暂时住住。且让我把这场竞赛弄完了再说吧……你知道为什么。"

"我知道。"

"哦,佐雅,那么还有什么问题吗?如果你有像我所有的仅仅一半,仅仅四分之一的那样的感情的话……"

她打断他的话头,这么密接而镇静地望到他的眼睛里面去,她简直能够看见他的黑的瞳孔中的她自己的反影了。

"塞尼亚,你想,还有什么事情使得我不到实验室里去服毒呢?当我对地方委员会说的时候，那不单是一句话，而我离开家庭也并不是好玩的，塞尼亚！你总知道我的父亲和我是怎样地亲爱吧。”

他握着她的手，点点头。

“我知道，佐雅，我知道！这就是为什么我老是主张你离开你的家庭。同你的父亲在一起，你是会永远处在同样的地位的。”

带着几分的惊讶，佐雅仰望着。他微笑着，迅速地继续说着：

“你知道，地方委员会不容纳你，把你看作一个异分子；那是对的，因为处在像你这样的环境之下的女子一百个之中有九十九个是异分子呢！人家怀疑像你父亲那样的人，那是对的，因为像那样的人一百个之中有九十九个是我们的仇敌！当然也有例外——你便是一个例外！但是为什么你是例外呢？为什么？我常常想着这个，但是我怎样也想不出一个所以然来。也许因为你是同街头的小孩子们一块儿长大的，因此这个街头便保护了你，使你没有受你父亲的影响吧！你即早就读书——也许你读了种种的有益的书吧……我可不知道呢！”他笑道，“但这都是不重要的事情……”

“对啦。”

“重要的事情就是你须得为其他的九十九个担责任。”

“这可不是容易的事呀。”

“是的，这不是容易的事，但是你有了一个为你自己奋斗的机会！你一定要这样做，如果你不这样做的话——那么他们又说对了：那就是说你意志薄弱，你没有认清真正的目的，而且，既是这样，你为什么要混在共产主义者里面呢？就是没有你，我们的组织中的一半的分子也还是要被排除出去的。你不知道这个吗？”

“我并不同你争辩。”她又垂着她的头，“但是这一切的不信任，这一切的猜疑……我一点什么事情也没有想要隐瞒，而我还是被看作一个犯罪人一样……我也没有想要欺骗什么人！”

“我知道，佐雅。”

"哦，不要讲了！"她变得活泼了，"安娜来了。她一定找着了一个什么地方！你对西波雪维奇说，但是你一定要讲实话给他听！"

他放下她的手来。安娜走到他们面前，看了这个一眼又看了那个一眼，耸耸她的肩：

"布尔乔亚的气质呀！尽你们的量去接吻，去互相拥抱吧——我不是一个布尔乔亚哟！你们躲避着哪个呢？"

他们相互而笑，没有回答。科罗列夫问道：

"佐雅怎样呢？"

"我们立刻就到维娜瓦柯夫那里去——她是一个人住，一定可以安插你的。这是彼特罗娃提议的。她真聪明呢。我知道维娜——她是一个真正的同志！"

"为什么立刻就去？"他问，"佐雅，你不去看象棋竞赛吗？我要同格雷兹决一死战呢。"

"她去干什么——去指点你吗？"安娜粗暴地问道，"或者你又变得感伤起来了吧？"

科罗列夫大笑着。安娜嫌恶地挥着她的手。

"你们真是一对佳偶！不弄这些把戏，你们难道就不能够生活下去吗？"

"你叫什么作把戏？"科罗列夫懒洋洋地问道，"一般地指象棋呢，还是仅仅指象棋竞赛呢？"

"都不是的，但是……"

她站着想了一会儿。塞尼亚说道：

"别怕羞啊！叫象棋也是布尔乔亚的习惯吧。反正你再也不能够想出旁的什么话来讲了！"

"你说我不能够吗？"她愤慨起来了，"哦，我偏偏能够！"

"我从没有听见你说过旁的什么话！"他简切地说。

没有听着他们的话的佐雅温柔地触触塞尼亚说道：

"我今晚不能够，塞尼亚。我不想去看。我在一晚中时时刻刻祝你成功吧。那够了吗？"

他点点头。

"好的，那就行了。要满足一个男子是很容易的。"

望着佐雅拉了一条手巾围在她的头上，从窗子那里取了一包东西，预备就走，他笑起来了：在她的一切的动作中已经带了几分家庭的意味。

"这就是你从家里带来的所有东西吗？"安娜问。

家庭的回忆带来了一个瞬间的阴影，但是佐雅简单地回答道：

"我以后要什么东西去拿就是。我可以叫一个什么人去。这个已经够……"

她知道塞尼亚在望着她；她觉到了他的微笑，而她的对于人生的兴趣也开始增长起来了；她为他的同情心所激动了；她想到他将要参加的那象棋竞赛，想到工厂，想到维娜瓦柯夫；她急着要知道明天的事，知道一星期中、一年中的事……"

她连忙转向塞尼亚，说道：

"但是我们下星期日还是要去看展览会吧？你会等我吗？"

"当然！"

安娜在旁边听见他们的话了。

"布尔乔亚，彻头彻尾的布尔乔亚！当你们可以彼此会面，可以紧紧地互相拥抱的时候，哪里会去看什么展览会呢？别愚弄我吧！哦？"

他们默默地互相望着。安娜望着他们，胜利地当着科罗列夫的面高声大笑起来：

"你！可怜的罗曼谛克！你会做起诗来吧！"

这时候塞尼亚带着显然的惊讶望着她。

"诗怎么的——难道这也是布尔乔亚的习惯吗？"他问，"或者这只是一个无意思的时间的浪费吗？假如是这样，那么，是对一切的人呢，还是仅仅对少数的特殊的人呢?"

"当然，这是布尔乔亚的习惯!"她简单地回答，"我们应该过着一种散文的生活，而不是一种充满了诗的生活……诗只是一种狂妄的想象和夸张罢了!"

塞尼亚冷静地打断着她的话:

"你的脑子一定有了什么毛病，丽金斯奇——你已经疯了吧!"

佐雅预备走了。她没有给安娜一个回答的机会，低低地说道:

"我们走吧，安娜，我们走吧!"

格雷兹的头在门边出现:

"我们开始吧，科罗列夫。八点过了呀!"

佐雅迅速地握握塞尼亚的手，他便走了。

安娜静默地跟着他走到门边，她一只手插在当作外套穿的那皮短衣的口袋里，另一只手牵着她的友人。

佐雅悄悄地紧跟着她，想着她的最近的悲哀和挫折毕竟不是那么可怕和绝望。

第五章

大学俱乐部的同志的性问答

　　每晚，辉煌灿烂的俱乐部的窗把大学和工厂里的学生以及其他青年人通通吸引来了。

　　俱乐部是出入自由的。每个人都可以常常找着一个什么理由进来看看。有些人是对象棋竞赛有兴趣，有些人是看报，有些人是来买下次的非职业剧团公演入场券，其他的人是并没有什么特别的原因而进来的——只是来坐一坐谈一谈。

　　这便是俱乐部的风气。无怪乎每天晚上所有的房间都拥挤满了。

　　霍洛合林正在这个顶热闹的当儿——刚刚九点钟前——到俱乐部来了。我们的体育家们正在准备某种比赛，同外面一样寒冷的体操室中起了一阵狂热的喧闹。读书室寂静无声，但是人挤得满满的了。在团体游戏室，象棋竞赛正在举行着，在这个晚上，这是为夺各科的锦标而正式决赛，所以观者们怎么样也不能挤近竞技者的身边。

　　这一切热闹的、喧嚣的氛围使霍洛合林的精神恢复了。他想到他的研究报告、他的工作，但是立刻确信着不恢复他的精神的平衡就是要去工作也是工作不好的，他便开始去寻找从没有拒绝过他的殷勤而且是被视为他的不变的伴侣的安娜丽金斯奇。

什么地方也不见安娜。认识很多人的霍洛合林挨着一位虽说不上美貌但也吸引了他的同班生彼特罗娃坐下。她连忙吃完她的茶，用一只眼睛细察着一些笔记。霍洛合林问她看见安娜没有。她的视线没有离开茶杯或是笔记簿，她点了点头。

"你不知道她在什么地方吗？"他生气勃勃地问。

彼特罗娃把嘴唇离开了茶杯：

"她同阿苏金出去了。"

"她们到什么地方去了？"

"我想她们一定去看维娜瓦柯夫去了。阿苏金今天离了家庭，晚上没有地方睡。安娜想她可以让维娜在她那里住一住。"

霍洛合林咬着他的嘴唇——他今晚真是倒霉透了。但他是一个不达到目的决不甘休的有理智有决断的人，所以他立刻决定了必须做的事。维娜的名字的提及更加帮着他打定了主意。

"喂！"他说，抓住这个女郎的笔记簿，"我要同你谈谈。"

"我们就谈吧！"她带着一个疑惑的阴影回转头来，于是吃完了她的茶，准备听着，"什么事呢？"

他连自己都有点不敢相信起来了。

"你知道，安娜和我是有那样的一种关系的，所以我向来并不需要旁的什么女人。但是今晚我有一件必须赶完的工作。你不可以同我一道去吗？"

她误解了他，诚实地问道：

"到什么地方去呢，霍洛合林？"

他把她的这句问话照实地理解了，于是答道：

"到手术室去。我有一把钥匙。那里有一张床。"

这女郎颤抖着，满面涨红着，用她的圆圆的、惊讶的而且几分恐怖的眼睛凝视着他。

"霍洛合林，你疯了吗？你这是说的什么话？"

他愤怒地坐立不安。

"这似乎是很自然的，为了需要一个女人，我带着一种直率的、单纯的、忠实的、亲密的态度向你请求。安娜不在这里。为什么你不可以像一个真正的同志一样俯允我的请求呢？"

他的声调似乎出自至诚，感觉到真正地被侮辱了的这女郎也不禁迷惑了一会儿。她更远地离开他。

"多可恶呀！你以为我什么人呢，霍洛合林。"

"我总认为而且还是认为你是一个真正的同志。假使我走到你的面前，对你说我肚子饿了而在晚上又不能不工作，你可以把你的面包分一点给我吗？你难道说不可以吗？"

他十分简单的推论使她惊骇了。她退避着，虽然还在寻找着更有力的辩驳，却马上回答道：

"你认为这是同样的事情吗？"

"当然哟！这个欲望也正是一样地自然，正是一样地强烈，而且一样地非满足不可。"

"听！"她激烈地说道，"人们因为饿的缘故而害病和死亡，但是我从没有听见过什么人因为你所讲的那兽欲没有满足的原因而病或是死的！"

他稍微吃了一惊，但还是一样激烈和自信地回答：

"并不是肉体上——但是一个人可以因此失掉他的精神的平衡。这是绝对必要的！"

"犹如酒精对于一个酒徒一样！"

"酒精并不是一种必要的东西……"

"它是渐渐地成为一种必要的东西的，好像烟草，好像吗啡，好像古加碱一样。比方，我便没有要到手术室里去的欲望……"

34

"你是一个女人啦！这个对于女人并不那么重要……"

"你虽是一个男人，但是，假如你能够抑制你自己，你也不会有那样的欲望吧！你可以滚开吧，霍洛合林！我不要同你再谈这个问题了。"

她用这一切的辩论增强了自己，她感到了优越，立起身来。临走的时候，她低低地加说着：

"我觉得你以这种态度对我太不像一个同志的样子了。这简直是非礼呀！"

霍洛合林轻蔑地望着她。他觉得他的高深的、谨严的、正当的、唯物的人生观全部动摇起来了。他觉得她可怜、胆小且愚钝。他决然地从他的椅子上起身，捏定他的拳头，好像预备真正同一个什么敌人决斗似的从食堂里走了出来。

他在门口碰见了苏里奇。这个典型的农夫，这个高大的、亲切的、宽肩的人正在从体操室出来。他还是气喘喘的，他的筋肉还是在他的上衣里面跳动着，但是他不由得注意了霍洛合林的面上的那特别的坚决的样子。苏里奇拦住了他，非常斯文地握了一握他的手，好像平常一个强者和一个弱者握手似的，然后把他拉到桌子面前来。

"你到什么地方去呢？同我坐下来吧——我要和你谈谈。你什么时候可以把你的化学工作做完呢？"

霍洛合林的精神状态使他不倾向于化学上的抽象的谈话。他含糊地说了一些什么，但是坐了下来，立刻开始谈论到他自己的问题上来了。

"喂，"他说道，极力保持着一种为这个话题所需要的镇定而自然的声调，"你对于女人问题是怎么样处理的呢？"

"你是什么意思？"苏里奇没有了解他的话，"这话怎么讲的？你为什么问我这个呢？"

"你知道，我大部分的时间是同安娜睡，"霍洛合林说明着，"但是此刻她不在这里。我有一件工作要做完，我需要一个女人。你处在像这样的情形之下怎么办呢？逛妓女那个险是冒不得的。你说怎么办呢？"

苏里奇走到柜台前面去，倒了一杯茶来，一口就喝完了一半，然后才摇摇他的头。

"我对于这些问题不很知道。但是我自己也常常为这样的情形所苦，因为我没有机会的缘故。至于妓女一层，我是决不同她们发生半点关系的，因为我厌恶她们，而且我怕传染梅毒。"

"哦，你不是一个童男吗，是不是？"

"当然不是！我结了婚的。我是在一九二〇年结婚的。后来我在红军里服务了两年，在那期间仅仅有过一次休假，同我的老婆住了一下。"

"哦，你现在怎么办呢？"

"我离开我的老婆又是两年多了，"苏里奇笑道，"两年又四个月了！但是我与其仅仅为了情欲的缘故而同妓女发生什么关系宁肯再等待两年！"

"你到底怎么生活的呢？"

"我在等待着休假！当我把课程修完了的时候，我就可以得到一个休假了。然后我就可以同我的老婆把损失了的时间弥补起来哟！"

霍洛合林不能够理解这个。苏里奇同情地问他：

"你同安娜隔别了多久呢？"

"这是第四天……"

"仅仅这么久吗？"苏里奇大笑起来，"你怎么这样感觉得急切燃眉呢？"

"你真奇怪！"霍洛合林冒起火来了，"这好像饿一样！我的精神的平衡，我的工作的能力完全靠在这个上面。"

"哦，别讲这样的傻话吧。最好到体育室去，把你的脂肪排泄一点出去吧！你是可以无须那个的，只要你立意——这样甚至于你有益得多呢。抑制着你自己吧。"

"你简直是一个变态的人！"霍洛合林不客气地老实说，"你甚至连我所处的状态都不理解。"

苏里奇有点不高兴了。

"那么有什么东西阻拦着你呢？你为什么不去看维娜瓦柯夫呢？我听说她一个晚上应接得四个男子呀。"

霍洛合林突然感到悲伤和懦弱。他本想把所有事情都告诉这位意志坚强的人，而问问他到底是怎么一回事的。但是从他的懦弱之中，好似从海洋之中一样，突然出现了他的男性的自负心的暗礁："一个晚上应接得四个男子，而独不允许我！"他忽然怒火中焚，愤怒的黏着性固执了这个思想。他恨不得跑去用暴力把她占取，但是她那温柔的膝、她那艳丽的闺衣、她那轻轻的手好像一道石墙似的兀然立着，霍洛合林不由得大声地叹了一口气。

"我要问你，"他又开始说着，回到他的原来的话题，"你知道这里有什么可以同我一道去的女学生吗？"

"不知道！"苏里奇粗暴地回答，"而且我也不要知道！"

霍洛合林耸耸他的肩，转向拥到食堂里面来了的群众望着。他的朋友立刻叫了一个什么人过来，带着兴味和生气，开始问他：

"哦？他们的胜负如何呢？科罗列夫吗？"

"当然，科罗列夫。"

"我早就知道的。科罗列夫会获得大学锦标呢。"

"他一定的！他一定可以的，那家伙，他的棋简直是神妙莫测。"

"杜卡呢？"

"杜卡吗？他还只是一个小孩，不然的话，他也是可以显点本领给他们大家看看的！"

这学生端着他的茶走到桌面前来。

"杜卡只害怕一件事情——就是头几着。他不懂得原理。人们只要几着的工夫就可以把他的王置之死地。但是他一过了这个难关，他的危险就没有了。他就可以同任何人对抗了。他也是一个象棋能手呀。"

霍洛合林用空虚的眼睛望着他们。他不知道他们在讲些什么，冷淡地问：

"你们在谈些什么呢？"

"谈象棋竞赛呀！科罗列夫刚刚和格雷兹决赛完了。这真是一场竞赛！"

食桌通通坐满了。在一般的喧闹、玻璃杯的锵锵之音和笑声里面，可以听到象棋竞赛者的名字和专门的名词。霍洛合林望了他的周围的人们，听了一会儿，于是突然明白了那裸着的膝、那艳丽的闺衣和那温暖的手正在使他从其余的世界分离。只有他自己个人的、独特的情欲，正好像一个从山上滚下的雪球一样地增长。他真不解人们怎么会对于竞赛、象棋和体操——这一切无聊而乏味的东西发生兴趣呢。他知道了这便是他失了精神的平衡的结果，于是他记起来了他一定要把它恢复才行。

他需要一个女人的这个思想又使他回忆起那散乱的房间、那裸着的膝、那闺衣、那伸张着的手来了，于是霍洛合林终于知道了他并不需要一般的女人，他也不要安娜或是彼特罗娃，他要那裸着的膝、那在电光之下闪耀着的蓝色的眼睛——他要一切构成着维娜瓦柯夫的东西。

他满面涨红，于是好像躲避着一切的人们似的，迅速地走出俱乐部，并没有向苏里奇告别。

他心不在焉地望着灯光灿烂的窗，从大学的围场走过，化学实验室里还是燃着灯。霍洛合林在一个盖满了雪的花坛之前站住，望着窗子。

"不，我不能，"他决定了，"我一定要恢复我的平衡。"

直到现在，似乎是这样合于论理和毫无疑义可言的这个念头并没有使他安下心来，而且没有带来什么行动的计划。

霍洛合林垂着头绕着花坛而行，随着雪上的小径走向大学本部去，于是回转来，于是又回转去，然后站在门前。

他极力不想今晚所经过的那些事情、那裸着的手臂、那艳丽的闺衣，但是不知怎的，它们把他包围住了：它们不使他有片刻的安静，它们不许他想旁的什么事情。

"我一定要把这事情细细想一想，把自己好好处置。"他自言自语着，把每一句话都暗记在心里，好像在会场上说话似的，"我一定要把一切的事情弄好。"

他从门里走出。一辆电车正在辚辚地走过去。在电车走过去之后，从雨雪的灿烂的网里，他可以看见在街的那边点着黄色的、不健康的灯的咖啡店的那颓败的绿色的招牌。

望着灯光，霍洛合林想着他自己的事。在那上面，在那两重的楼上，便是安娜住的那学生公共宿舍。

当他去寻求着他的精神的平衡的时候，总是欢欢喜喜地迎接着他的她的那锐敏而庄重的姿态在他的脑海里萦回了一会儿。

"我一定要到她那里去！我一定要！"他执拗地重复着对自己说。于是，提起他平素的决定，他回转身来，跳上正在慢慢地走着以让雪车过去的那电车。这个小小的、顺适的境遇使他高兴起来，他微笑着对那车掌说着。

他又把他的手搁在椅背上面，站在车内的通路中间，但是这一回他不要窥看什么人的报纸，也不要坐下来，虽则照常在晚上这个时候有许多的空位。

他本当想着安娜的，却想着维娜。如果他不是给充满了许多不可解的事件的这个晚上弄得过于兴奋了的话，他大概会注意到了他的快活主要地并不是因为他去看安娜，而是因为到他去会她的那地方吧：又是那暗黑的、陡峭的阶梯，那厨房里面的砖地，那火炉旁边的笨拙的女人和那白色的门，然后那有着一个洞的圈手椅，那可以在那里面换上露出赤裸裸的手臂和膝头的艳丽的闺衣的大耳房。

他摸着前额，环顾着，于是又把他的两手放在椅背上，好像在期待一只固执而温暖的手去触着它们似的。

这一切都不可思议和反常。霍洛合林知道凡是一个有他这样的年龄，他这样的教养，他这样的人生观的青年所大概知道的事情——但是他没有把他的手移开，感觉到它们是在等着另一只手的接触。

喊着街名的车掌使他想起他是到什么地方去而且是为什么而去的来了。

他开步走向出口，跳下电车，于是迅速地，连头也不抬地，横过盖满了雪的街。

第六章

无羞耻并不能够说就是新的生活呀！

当安娜和佐雅敲门的时候，维娜正盘着脚坐在床上。她说了一声"请进"，但是她没有起身，尽管在想着刚刚所经过的事。她也并不为她那无谓的苛刻和暴躁而责备自己。她想到霍洛合林的那茫然的微笑，他那忘记扣好的纽扣，他那伸张着的手，于是大笑，一直笑得她连眼泪都笑出来了。

带着她那素常的简略，安娜介绍佐雅。

"你好吗？这是阿苏金。"

维娜没有起来，同佐雅握了一握手。

"我们早已彼此认识的。"

"那好极了！她要在你这里暂时住住，维娜，"安娜径直说明来意，不给任何人以置一词的机会，"她离开家庭了，她被大学开除了，地方委员会不容纳她。她有一个父亲——从前的牧师！我们以后再慢慢地把她安置。你有什么异议吗？"

维娜向着佐雅的被惊骇了的眼睛微笑。

"当然没有，安娜，这于我并没有什么不好的地方。"

"她是不会妨碍你的私生活的，"安娜继续说着，"你可以叫她出去，或是她可以在耳房里坐一会儿。但是我们中间的这一切布尔乔亚的习惯除了使我们得到像这个阿苏金一样的人以外是什么也没有的。我真厌恶这些东西呢！"

她从佐雅转向别处，于是，没有脱下外衣，在圈手椅上坐了下来。维娜惊讶地望着她的这位满面涨红的客，于是佐雅与其说是对安娜毋宁说是对维娜，说道：

"这是恋爱，安娜——没有恋爱是什么事情也不能够有的——恋爱恍惚是一张彩票一样。你也许可以中到一万块钱，你也许可以中到旁的什么，或是你可以把你的机会以两块钱的代价卖给最初的买手……"

维娜显然高兴起来了，佐雅更见镇静地说着：

"你得在这两者中间选择其一：或是长久地等待着一个真正的朋友的爱——那是会有大的幸福的——或是仅仅出于好奇心，仅仅为了消遣，带着和你到影戏院去的时候的同样多的感情，跟你所会见的第一个人就发生起关系来。"

"这个更要简单！"安娜简切地说，"看一次电影要花四角钱，而这是一个钱都不要的！"

"比得无聊呀！"维娜插着嘴说。

"为什么无聊，我的亲爱的？"安娜得意扬扬地望着他们两人，"你还是非常布尔乔亚呢！佐雅是一个彻头彻尾的布尔乔亚，而你，维娜，也似乎变得感伤起来了。这就是为什么许多许多的事情你们都不能够理解！你们一定要强烈地生活着呀！用全部的自然的精力！"

"原谅我吧，但是……"维娜开始说着。但是安娜带着猛烈的顽强打断了她的话：

"这真是无聊！"

"什么事情无聊？你是对我说的吗？"

42

"是对你!"

"什么意思?"

"我厌恶这种布尔乔亚的话——原谅我吧! 为什么我要原谅你? 为什么事? 每个人都有相信他自己的意见的权利! 谁也不知道为了什么事你要请我原谅,这真是无聊! 总是这样: 原谅我吧! 这只是泄露着千万年的奴隶性而已! 你难道不明白这个吗,维娜?"

维娜望着佐雅,于是她们都大笑起来。

她们都没有打算回答安娜。佐雅依然笑着。

"原谅我吧,"维娜认真地说,没有注意到她是在重复着一句同样的话,而安娜正在耸着她的肩,"原谅我吧,但是你也想及过那以后的事情吗?"

"哦,怎么的?"

维娜痉挛地紧握着她那纤纤的交叉着的手指,望着远方,走近她的面前来了。她脸色苍白,她那充满了憎恶的蓝色的眼睛好像玻璃一样透明:

"你也曾想及过,安娜,在你那暴风雨一样的活动的生活以后,你便不能不到病院里去经过可恶的堕胎,那时候,你会怎样感觉得,而他们会怎样地把它取出来……假使你要看看它的话——他们就会给你看……你就可以看见那小小的脚和小小的手……手和脚……"

谁都没有来得及回答她。她掉转她的头来,望着天花板,于是紧闭着她的牙关,向后面逡巡着。她没有躺下来,把她的头埋在床上的枕头下面,静了下来。她的两肩痉挛地颤抖着,但是什么声音也听不见了。安娜忧愁地摇摇她的头:"神经病。你为什么不找医生看看呢? 我真不懂得。"

佐雅走到床前,一句话也不说地抚着维娜下垂着的手。维娜立刻把枕头推开,理理她的头发,于是向佐雅微笑着,温柔地摸摸她的肩膊:

"你吓倒了吗? 一切都好好的呢。我做着这个给安娜看的。我很喜欢戏剧的场面,你知道我是常常演戏的……"

"你最好找医生看看吧，维娜，"安娜说，"别哄我们吧。"

"我不是哄你们。"她回转头去，什么人也不望地，揩干她的眼泪，改变话题，"喝喝茶如何，同志们？我马上就有开水了。"

她提了一把锡壶，于是没有等着一个回答，走到厨房里去了。她差不多马上就转来了。安娜厉声地说：

"你不应该让你自己那样子办呀！"

"什么样子！"

"你不应该弄到手和脚的那种地步呀！"

"哦！"

维娜用空虚的眼睛望着安娜，好像她是一个无生物毫无回答她的必要似的。她在床上坐下，靠在铁柱上，用她那冰冷的而且还在战栗着的两手掩着她的面。

"有许多许多的办法啦……"

"别讲了吧，安娜！"

佐雅又走到床前，盯眼望着维娜的那猛烈地抓着铁柱的手指，低声地问：

"你亲自看见了它们吗？"

"看见了什么？"

"那些手和脚，维娜？"

维娜战栗着，但是抬起头来大笑地说道：

"你为什么尽管讲着这些手和脚呢？"

但是佐雅还是带着她面上的那忧愁的表情站在她的面前，比以前更加低声地问道：

"你为什么让他们这样做呢？"

"为什么？"维娜更加坚固地用她的手抓着铁柱，望着佐雅。她们的眼睛会合着，立即又分离了，好像什么灵光伤着它们似的。"为什么？我的丈夫要我这样做的，"她低声地加说，"不这样的话，我们便不能继续读书啦。"

"那么你就同意了吗?"

"当一个什么人尽管在旁边说着,一连说了四个月之久:这是必要的——大家都是这样做的……"

佐雅紧握着她的手指,一直握到它们折裂般地响起来了的时候。安娜大笑道:

"你是多么的布尔乔亚啊!这是一个正常的办法啦!在国家还不能够公育小孩的时候,这是必要的呀!有什么要不得呢?我们不能拒绝我们自己的自然的权利……"

维娜跑到安娜面前,一把抓住她的肩膊。

"什么自然的权利?"她低低地说,"杀人的权利吗?杀未来的人的权利吗?谁给你这个权利的?"

安娜扭脱了使她发痛的维娜的手。

"人们简直不能够同你谈起这件事情,维娜!你为这件事情弄得神经失常了!人们会真以为这是一件什么大不了的事呢!佐雅,"她转向着她,"不要同她谈这个了吧……她疯了呢……"

"我很能够理解这个,"佐雅差不多低声地回答,在她的颧颧里感到一阵剧烈的疼痛,在她的胸里感到一种神经痛的寒冷,"她自有她的理由呢。"

维娜在房里四处走着,什么人的话也没有听。某种不安的活动力正在蚕食着她,她漫无目的地信手抓了一些什么东西,把它们从一个地方移到另一个地方。

佐雅走到她的面前,好像要用武力制止她的不安的动作似的,抓住她的手。

维娜屈服着,无气力地静了下来。

"我们为什么又讲到这件事情上来了呢?"她有罪地微笑着,"我们不能够找点旁的什么事情谈谈吗?老是这同样的事情!"

她叹息着。安娜再也忍不住了：

"我们要谈这件事情！我们什么事情都要谈——隐瞒是没有用的！我们再也不要有那布尔乔亚的文化了……我们再也不要听那鹳的神话了——一切的事情愈是公开地做，愈好！"

"一切的事情吗？"维娜问。

"是的，一切的事情！"

"为什么那样做愈好呢？"

"因为那可以伤害布尔乔亚泛！"

"你真是莫名其妙，安娜！"维娜叹息着说，一点愤怒的痕迹也没有，"我们谈点旁的什么事情吧？"

"不，我们偏不！我们要斗争——向一切斗争！"

安娜的两颊燃烧着，她的嘴唇干了，她的声调因为兴奋的缘故而嘶了；她真正地在准备着向一切的人们和一切的事情斗争。维娜懒洋洋地立起身来：

"别讲了吧，安娜！"

"我偏偏要讲！这正是我们舍弃那种事情的时候了！愚蠢的习俗呀！我们要用一种坦白而正直的态度说话和做事！我们已经组织了'打倒羞耻！'的团体。这才是正当的办法！一切都死灭吧！我们要为新的生活斗争！"

"无羞耻并不能够说就是新的生活呀！"佐雅大声说道，于是立刻用她的两手掩着她的面，好像是因为她的大声疾呼而觉得惭愧似的。"这是不对的。"她轻轻地加说。

安娜望着维娜，期待着她说句什么，但是她只微笑着，于是安娜叫道：

"你们真是一对！恋爱与幸福！"

她从她的口袋里取了一盒纸烟出来，把它丢在桌上，燃了一支，于是带着一个刚刚说完一篇幼稚的议论的教师的神气仰坐在圈手椅里。

　　"不，我是对的！这便是我们对于事情的看法，我们免除了一切恋爱和嫉妒的痛苦！只想想我们避免了多少布尔乔亚的悲剧和情感的暴风雨！如果你要吃——就吃吧！如果你要一个男子——就满足你自己吧，用不着弄什么把戏！用一种着实的态度去观看事物吧！我们都读过唯物史观……"

　　佐雅因为对于安娜所说的话起了一种内的反感的缘故而浑身战抖。她忘了她自己的事，忘了她的纠纷，而只图努力去理解着使她对安娜的话起着反感的究竟是什么。安娜用这些一见是很正确的、猛烈的辩论压服着她。在一个痛苦的瞬间，她感觉到她不能够抗辩。她那起着反感的心的一部分是由遗传来的——那就是从她的儿童时代起就包围了她，而且成为她被排斥的原因的她那家庭的布尔乔亚的信仰来的。好像刀一样尖锐，对于家庭的憎恶又一次带着羞耻的苦味燃烧着她。于心已安的她回想着她从家里的脱逃，她给她父亲的信，她在城里的街上的那兴奋的徘徊，她在伏尔加河旁的绝望。在伏尔加河旁，她看了劳动的男女在卸下木材，而且在忧郁地唱着关于伏尔加、斯藤卡和波斯公主的那些听熟了的歌。

　　佐雅恍然大悟了：引起她到俱乐部去的时候所带着的那沉静的忧愁的便是这些女人、这些歌、这些话。她一面走一面想着，于是突然她知道安娜为什么错误了。

　　"等一等，安娜，等一等！"她带着这么昂奋的迅速开始说道，以致她的两个朋友都被惊骇了，没有插嘴，"等一等！仅仅在几点钟以前我看见许多女人——她们在搬运着木材，唱着歌……她们唱着那关于波斯公主的歌……你知道那个歌的。那真是一个绝妙的歌呀！"她仓皇着，极力去寻找着她那失去了的思想的线索，于是突然把它抓住了。"是的！正是啦！为了理想的缘故把肉体的快乐牺牲！为了斗争的缘故！公主死去吧，人们在诉苦着：我们的领袖变得柔弱了，而我们在前方作战！你记得去年我们大学的调查和以后所得到的报告和结论吗？在革命和内战的几年间，大多数的人们经验了他们的性的生活中的欲望的迟钝和衰退……"

她喘息着，安娜嘲笑地吐出一道长长的烟来，说道：

"那么，怎样呢？"

"正是这样！"佐雅立起身来，"革命的狂热可以代替性的狂热和性的欲望！"

现在她记起她所知道的一切事情、她所想过的一切事情来了，于是她再也忍不住那在思想的旋风中从她的干的嘴唇里涌出来，流出着几乎把她闷死了的那绝望的呼声的那些话了。

"我不是一个布尔乔亚——你倒是一个布尔乔亚！只有布尔乔亚才把自由这个东西看作在戏院里吃花生，在电车里吐痰，在教室里吸烟……这才是真正的布尔乔亚的精神：一讲新的生活——就以为是打倒羞耻；一讲结婚离婚可以自由——就以为是可以随左随右地委身别人！这好像一个饿人突然得到许多吃的东西而把自己吃死了！你真以为这是必要的吗？"

她突然把话停止了。安娜吸了一口烟，说道：

"你这小布尔乔亚！"

佐雅惊讶地望着她，于是，再也没有说什么，在桌旁坐下。

维娜立起身来，走到她面前，于是，踌躇了一会之后，和她接了一个吻。

"这是对的，佐雅！我自己便是在等待着真正的爱情！我天天期待着一个真正的男子到来。但是他们都是开头就接吻，马上，或者就把你拉到床上去。有些人甚至预先就脱起衣服来，为了便利的缘故……"

好像一个小孩似的，她发了一个嘹亮的快活的笑。

"你在讲什么呢？"

"没有什么。我只是在讲着发生过的事情。我想能够说明这一切是什么吗？我自己也不知道……但是我很为你惋惜！"她执着佐雅的手，

"霍洛合林不能在委员会前为你尽一臂之力吗?"

佐雅摇摇头,但是安娜说道:

"我们非得缠着霍洛合林不行。如果他在四方八面被包围着,他就会为她的事情尽力的。她一定可以复学呢。"

维娜望着她,沉思地说道:

"我可惜早没有知道这事……我可以和他说了这事的:他刚刚一会儿以前都在这里呢。"

安娜的面孔涨红了。

"谁?霍洛合林?在这里?做什么?"

"我希望你不要扯我的头发啊,安娜!"

维娜望着安娜面上的那一筹莫展的表情。她显然是真正地被惊骇了,被引起好奇心了,甚而至于被吓到了。维娜大笑起来,于是从房里跑了出去。

当她手里拿了一把茶壶转来的时候,她还在微笑着。

"安娜,我希望你不要吃醋。你不是布尔乔亚啦。"

"哦,你可以不必担心你的头发!"

"我倒没有担心。"

她微笑着,想了一会儿,于是说道:

"我想我还是不要同你再讲什么了的好。"

"这是你可以做得最好的事情!我也并没有什么兴趣呢,"安娜傲慢地说道,带着夸张的兴趣望着维娜,当维娜把茶杯拿出来倒着茶的时候,"我真正口渴了!给我一杯茶。我要回去了!"

佐雅一动也不动地坐着,望着她的面前的茶杯。维娜还是坐立不安。安娜装作非常口渴的样子喝着茶,说:

"我并不是吃醋,同志们!假如我要问什么问题的话,那也只是出于无意思的好奇心罢了。"

维娜不关心地说道:

"有什么可引起好奇心的？他们都是为同样的事情而来的啦……"

安娜哗然地把她的茶杯推开。

"你故意要使得我生气吗？"

"为什么？这个使得你生气吗？"

"哦，我不是为了那事情本身生气！我是看了你这种布尔乔亚的滑稽生气！"

"你是什么意思？"

"我的意思是说你只想证明我也是同你们这班人一样地妒忌……"

"要证明干吗？"维娜大笑，于是立刻加说道，"我的意思是说，为什么别人要怀疑你呢？"

正在这个当儿，什么人在门前站住，敲着门。维娜起身，把门开了一点点，向外面窥看着。

"哪个？"

其他的两个人都听不见答话，但是维娜立即走了出去，于是没有让她的客人进来，随手把门关了。

"布尔乔亚的习气呀！"安娜厌恶地低声说。

这句话并没有使得佐雅听不见维娜在说着的话。

"你现在这个时候不能够进来！在阶梯上等着我吧。我马上就出来了——我要同你谈谈……我只进去穿件大衣。"

重的脚步在石砖的地上响着，外面的门关起来了，一切又静了下来。维娜转来，迅速地穿上她的衣服。

"维娜，忘了你的布尔乔亚的习气吧！是哪个呢？"

"哦，一个我认识的人。一个我要见见的男子。我马上就回来了——等等我吧！"

安娜耸耸她的肩，于是又燃了一根纸烟，开始兴奋地吞云吐雾起来。吸完了烟之后，她向佐雅告别了，一点也不想隐瞒她对于她的朋友的布尔乔亚态度的轻蔑。

佐雅感谢了她，向那滴滴答答地响着的钟看了一下，盘坐在圈手椅里，想着她的父亲和那封信。于是，好像活动电影似的，她看见了科罗列夫、工厂、新的生活；于是，又一度审查着在她和安娜的辩论中她是正确的，她沉沉熟睡着了。

长长的一天使她疲倦了，她一直睡到维娜回来的时候才醒来。维娜大笑着，拍着她的手，好像她是在想着一桩什么很有趣的事情一样。

第七章

可怜虫！你真正这么需要女人吗？

站在阶梯的小小的顶上，霍洛合林仅仅有时间燃了一根纸烟，当维娜走出来的时候。

她一句话也没有说，悄悄地挽着他的臂，把他拉到倾斜的石的阶梯上面来了。在阶梯的顶上，在楼与楼的中间，她在窗槛上面坐下，以便可以看见她自己的房门，于是，没有放松他的手臂，她使她的这位突如其来的客挨着她坐下。

他把他的手臂抽开，更远地离开着她，愤愤地说：

"安娜在你的房里吗？"

"你是来看安娜的吗？"

她望着他，把她那溜到额上来了的头巾理好，虽然是在灯光暗淡的走廊的黑暗里，他还是可以看见她那双好像蛛蜘网一样地蔓延在他的所有的感情、思情和欲望上面的眼睛。

"是的，当然。"他带着一种含糊的声调说，"我需要她。"

维娜大笑：

"你只是需要一个女人呢，还是特别地需要安娜呢？从我前一次看见你的时候的你那心情看来……"

霍洛合林立起身来：

"请你替我去叫叫安娜吧！"

"请你等等吧，亲爱的。我非常需要你呢。"

她又一次执着他的手，把他拉到她的身边来。他既没有力量去重复着他的话，也没有力量离开这里。

"你需要我做什么呢？"他问道，于是立刻感觉到整整的这一晚，他的一切的奇遇，一切的无谓的谈话，一切的奔走都消失在一个这样的推测的雾中了：为什么不呢？女子不可以同男子一样强烈地感觉着吗？

维娜把他更加拉近她的身边来了。现在他是这么挨近地站在她的前面，假使他弯了腰的话，他是可以和她接吻，他是可以拉开她的大衣，他是可以把她的脸从那密集的毛皮里拿了出来的；跪在她的面前，他是可以望见她的闺衣，望见他正要吻吻的那温暖的胸的。

"你需要我做什么呢？"没有等待一个回答，他又带着空洞的声调问。

她继续望着他，于是他突然感觉到她是在用她的眼睛回答着他。一种狂热的欢喜的感情激荡了他的全身。他向着她那突然变得难于抵抗的魅惑，可爱而娇媚了的面孔伸着他的两手；他俯身用他的嘴唇去探求着她那热的口。他已经感到了情欲的苦味，当维娜敏捷而温柔地从他的手臂里溜了出来的时候。

"我有一件非常重大和必要的事情要同你谈谈。"

他捏着他的拳头，立刻把它们插到他的口袋里去——倘若他是胆敢的话，他一定打了她的——于是抱着坚毅的决心再不动了，他坐在窗槛上面，带着深沉的声调问道：

"什么事情？"

"不要着急——安娜会等着你的。我会告诉她你在这里的。在那里除了她以外还有一个人呢……"

"我听说你一晚应接得四个男子呀!"

记着他是下了决心不动的,他没有转向着她,因此预料不到她的动作:带着猫一样的迅速,她这么有力地用她的手扫了他一个耳光,使得他燃烧着的颊上感到了一阵奇痛。他抓住她的手臂,恰恰在手腕的上面用尽他的平生之力紧紧地捏着它。

维娜不为痛所动,但是她大声叫道:

"从这里滚出去吧!"

他抓住了她,望着她的面孔,感觉着有用什么方法发泄郁积在他的心里的愤怒之必要。维娜把她的手抽开,他用比以前更大的力抓住她,于是在她的臂膊上面突击一下,他把她从身边推开了。她跌倒在窗槛上面,他抓住她的咽喉。立刻忘怀了其他的一切,只感觉着她的头是在他的手里,他俯身向着她。

用野兽一般的力,维娜把她的头掉向后面去。发着辏辏的声音,她背后的玻璃窗打碎了。霍洛合林向后退着,把她放了。维娜大笑地从窗槛上面立起身来,拖着他的手,开步跑到阶梯上面去。

"快点! 快点!"她低低地说,笑得连气都转不过来了,"什么人会来! 他们会以为我们干了那事,而且,真正地,玻璃都打碎了! 真正地!"

没有站着吐一吐气,他们一直跑上去,站在顶楼门前。霍洛合林的头晕起来了,他弄得气喘喘的了。虽则他们是站在阶梯的顶上,他却只注意了一件事情——她的温暖的手还是在执着他的手。

"这多傻呀! 我希望厨房里没有人注意!"她听着,"我想大概没有人听见我们吧……"

他站在她的旁边,恐怕他的什么动作可以使她想起他的手来。突然维娜把他的手放了。

"你对我说些这样的话应该惭愧呀!"

他望着她，把他的手搁在她的肩上，带着一种颤动的声调说：

"我总有一天要把你杀死！"

"结果，四个男子每晚都要感受着不满足的自然的欲望的痛苦，"她镇静地回答，把他的手从她的肩上拉开，"那是无聊的办法啊，霍洛合林！缺乏先见之明啊！浪费自然的财源啊！"

"你是一个恶魔！"

"一个妖妇呢，"她纠正着，于是把他的手拉近她的身边，悄悄地走下阶梯，"我们下去吧。我恐怕安娜会走，而我们会没有注意呢。你不是要看安娜的吗？"

"是的。"

"我马上就去叫她。且把我的事情和你谈谈吧。你知道佐雅阿苏金吗？"

"知道的。"

"你为什么不允许她加入组织呢？"

他惊愕地望着她，但是回答道：

"地方委员会不容纳她。她是一年的候补者，我们把她的名字提出了，但是还有其他的待考究的地方。"

他简切而冷淡地回答了，一点也没有想及佐雅的事，只是焦急地在等着听维娜的要求。她问道：

"因为她的父亲的缘故吗？"

"是的。"

维娜叹息着。

"真糟糕！你甚至连让她继续在大学读书都不可以吗？"

"不。"

维娜在他们刚刚站在那里的那梯顶上面站住，小心地拾起破了的玻璃，把它放在窗外的架上。

"坐下来吧。"

他们并肩而坐。维娜沉默了一会儿，于是低声地说：

"喂，霍洛合林。她是一个很好的女子——使她复学吧。不要哄我——我知道这是可以做得到的。"

他还是一声不响，只耸耸他的肩当作回答。

"霍洛合林，你真是坏蛋透了，因为刚刚一会儿以前你走来就脱衣服。那简直好像一个畜生一样呀，霍洛合林！有了爱情、情热——那就不同了！但是那样子那才讨厌啊。当我同你一道走着的时候，我觉得我在恋爱着你，我还是要恋爱着你呢，霍洛合林——请为我的缘故把佐雅安置吧！好吗？"

在下面一层楼上，门开开了。安娜在开着的门的光线之中出现了。维娜停止谈话，于是，望着安娜走下阶梯去，她倚在霍洛合林的肩上。

一忽儿安娜不见了。

"安娜走了！"维娜说，更加紧紧地倚在霍洛合林的肩上，"怎样呢，霍洛合林？"

他把他的意志力恢复了几分，立起身来。她挽住他。

"你还来得及追上她呢。可怜虫！你真正这么需要女人吗？"

"我需要你！"他直率地说。

"你真是一个滑稽的人，"她说，隐藏着一个微笑，"但是我们怎么办呢？佐雅在那里。我当然不能够走到你的家里去。时间已经很晚了……"

"一会儿以前那里什么人都没有呀！"他无意地说出。

"忘了以前所经过的一切吧！"

她迅速地立起身来，同他接吻。

"你真可爱，霍洛合林！现在你爱我……这就完全不同了呢。但是佐雅在那里，这才糟糕啊！你不能为了我的缘故把她安置吗，亲爱的？她很能干，她是一个很好的同志——你知道她的。她的父亲是一个牧师，而你的是一个工人，这可不能归咎她呀。"

"并没有谁归咎她!"

"那么,她应该怎么办呢,亲爱的? 快点讲吧,亲爱的! 我冷起来了……安娜会在家里等你。快点,应该怎么办呢? 写一封请愿书吗? 写给谁呢? 给你呢还是给中央委员会呢?"

"给中央委员会,不过通过我们……"

"你一定要把她好好地安置,霍洛合林,你不可以吗?"

她窥探着他的面孔,在他的面前走动着,而他不关心地说着:"是的,是的,我们且去试试。"望着她的嘴唇,一心想着这嘴唇的事。

"那好极了——你真是一个可爱的人儿,霍洛合林! 这样她就可以重新回到家里去,我就可以一个人住,而你就可以来看我了。再见吧,亲爱的。"

她举起她的两手,它们好像两只白鸟似的从她的大衣的袖口里现出来,在他的颈边蜷伏着。她吻吻他的嘴唇,这吻使他茫然了。

维娜大笑着从门里不见了。

第八章

暴风雨一样的欲情

战栗而兴奋地，霍洛合林走下阶梯，他在两三点钟前走过的那依旧醒着的、陡峭的石的阶梯。他脱下他的帽子，让正在把轻微的、柔毛似的、新鲜的雪从屋顶吹去的那微风在他的头上吹着。他在天井的中央呆然站了一会儿，于是又在大门外面站了一会儿，只感觉了一件事情：那个接吻的欢喜把他破坏了，使他的力量竭尽了。

他没有想他是在到什么地方去或是他应该到什么地方去，因为他的路早已决定了。他是在到安娜那里去。瞬间的思想，伴着新鲜的冷风和在他的脸上融化着的雪片，立刻恢复了他的力量。他刚才经验了的那奇异的兴奋，在他看来渐渐地觉得有些可笑和无聊了。

"浪漫主义！感伤性！"他重复着说了好几次。"感伤性！布尔乔亚！"他几乎大声地说，于是立刻加说道，"一个人应该老实地对自己说吧！这都是失了精神的平衡的结果呀！"

他走到街角上，站着等着那已经从雪的帷幔里现出了它的红色的灯光的电车。

他回想起了在两三点钟前他和维娜正是在那个街角上下车的。这看来似乎是不可能的，这一切事情都是发生于今晚，一切都是在一个晚上，在一个这么短短的时间内，连维娜和他所乘的那电车的车掌和司机都还没有换班。

电车急急地开向车库，仅仅停了一秒钟的光景。霍洛合林好容易跳上去了。他尽管站在乘降台上，把他的头伸到外面的风雪里去。

"布尔乔亚泛，感伤性。"他嗫嚅着，好像一个刚刚做了一件坏事，而一想到这件事谁也不知道并且谁也不会知道便不觉津津有味的小学生一般。他很欢喜他马上就会同安娜在一道了，就会悄悄地把书从她的手中拿去，大笑地把她扑在床上，于是欢天喜地地恢复他的精神的平衡，于是明天他又会到工厂里去教青年工人们的课……

他点点头，合着他思想的拍，于是他有生以来第一次自问道：他爱安娜吗？

"是的，她是一个好同志，"他点点头，"一点也不像彼特罗娃！她是一个新的人，一个新的女子！难道我们还需要布尔乔亚的安乐、布尔乔亚的幸福和那一切劳什子吗？不！我们不要什么恋爱！"

电车在大学广场的前面停了。霍洛合林从后方的乘降台上跳了下来，横过街道，于是毫不踌躇地从公共宿舍的门走入。

他走上通到第二层楼去的木梯，于是突然站住：是的，为维娜的若即若离所挑动着，那谁也知道的，明显的欲望又回复了。但是那欲望果真是引得他到安娜这里来吗？

他咬着嘴唇——他又一次看见了那裸着的手臂，那闺衣，那破了的玻璃，那阶梯，那蓝色的眼睛和用液火燃烧着他的嘴唇的那润湿的嘴唇；他真要呻吟，要号泣，要捣毁什么东西，要诉诸武力了。

他坚决地开开门，走了进来。

安娜在家。灯光可以从门顶的窗里看见。霍洛合林敲敲门，没有等着一个回答走进房里去。

迅速地向周围瞥了一瞥之后，他的眼睛——和安娜的接触，他便觉察到在这里也是一切都失了平衡，一切都颠倒了。安娜没有笑容。安娜没有读着书。在安娜的桌上的火酒炉的上面没有茶壶，桌上却是有一封装在带着融化了的雪片的膨胀的痕迹的蓝色信封里面的信。

"什么事情呢，安娜？"他简略地问。

"事情就是我不懂得你到这里来干吗。你忘记了什么东西在这里吗？"

霍洛合林呆若木鸡了。

"你是什么意思，安娜？你和我……我来看你这并不是第一次。"他微笑着，于是加说道："你不可以说明给我听这究竟是什么一回事吗？"

"唯一的事就是我请你再也不要来看我了！"

"为什么？"

她立起身来，粗暴地转向着他。

"这是一种什么样的布尔乔亚的反问，而你对于我究竟握了一种什么样的所有权呢？我什么也不要说明！没有什么要说明的！你正是和其余的人一样地布尔乔亚！你和维娜——你们真是一对！滚吧，我要读书呢！"

霍洛合林走到她的面前，攫着她的手。

"听吧，安娜，我现在需要你……好像空气，好像面包一样！来吧！"

她鄙视地把他的手扭开。

"别浪费你的时间了——到旁的什么地方去吧！"

"什么地方呢？"他直率地叫道，"什么地方呢？"

"你所想去的地方！"

"安娜！"他威吓地走向她，"你不是布尔乔亚——你是一个明白的人呀！你知道我总不能走到街上去随便抓一个女人……"

"有些那样的贱货呀！"她冷笑道，"而你是不管其他的一切的！是我也好，是旁的什么人也好，反正是一样的！"

第一次他认真地想着他是非嫖妓女不行了。他需要安娜比以前什么时候都更急切。到这时，他才觉到安娜曾经与了多少的而且多么重要的方便。

"安娜！"他低声地说，"安娜，你有什么事情生我的气吗？我们都是明白的人呀！究竟是什么一回事呢？"

他慢慢地走到她的面前，出其不意地拥抱了她，把她紧紧地搂着。一瞬间她好像平时一样服从了他的暴力。他大笑地把她拉到床上去。于是她粗暴地把自己解脱了。

"混蛋！"

"安娜，请你！安娜，我一定要！"

她走到桌旁，坐了下来，打开一本书，然后把她的手指塞到她的耳朵里去。

"安娜，不要装聋作哑吧！"他大声狂叫，"安娜！"

"不要大声叫喊吧！我还不是你的老婆啦！"她叫道，"你敢大声叫喊！你敢！"

她顿着她的脚。霍洛合林一点也不觉得羞耻——现在一个真正的暴风雨一样的欲情支配着他，他望着那把房间分开的隔墙。好像捏着拳头一样地捏住他的胸中的愤怒，他走到她的面前：

"哦，安娜！不要生气了，安娜……来，安娜，我们躺一躺吧！安娜……安娜……"

他站在她的面前，重复地喊着"安娜，安娜"——找不出什么必要的话来劝诱她。

她带着一种夸张的气势回转身去。突然霍洛合林经历了一个恐怖：这些偶然的事情，这些奇异的暗合，重重堆积着的可笑的事情——这一切把他的最后的力都夺去了。他感到了自己的可怜，而这便激起他的愤怒来了。这愤怒使他更加卑屈了。但是他觉得好似这愤怒使他高尚了。

他走到桌前，猛力地用他的拳头在桌上一击，使得带着膨胀的痕迹的那蓝色信封都抛起来了：

"你真的不高兴吗，安娜？"

"不！到旁的什么地方去吧！"

他威吓地睁视着她，于是走出去。他垂着头咬着牙地走下长长的通廊：他知道在每个门里，在每个房间里有一个大概正睡在床上需要男子的女人，但是她不敢叫他，而他又不敢进去！没有什么事情更简单，也没有什么事情更复杂了！他站住在一个门前，但是他一听到里面的脚步声，马上又走开去了。

"这是一个噩梦——人生的噩梦！"他想道，于是带着一种疯狂的速度跑到街上去。

从咖啡店的窗里，蒸气、骚声、话声和四部合奏曲的破碎的音调传来了。霍洛合林摸摸他的口袋里的钱，于是循着被雪深深遮盖了的阶梯，走下地下室的门前去。

第九章

恋爱病患者

　　不管这是怎样地奇怪，然而每个作者，甚至从科学的见地来处理这个问题的作者，每个天天研究着霍洛合林的生活的调查者都没有考究过这个问题：霍洛合林在什么地方度了那一晚，在他和维娜的第一次和第二次的会面之间的那三四点钟内他是在什么地方？知道了在这几点钟之内他所经过的事情以后，你就可以明白许多谁也不能够了解的神秘不可思议的事实了。

　　当霍洛合林走进发着厨房气味、烟草和在人们身上暖干着的湿的衣服的种种臭气的咖啡店的时候，他四处寻找空的桌子，于是立刻看到了在那角落里、在那窗旁的波洛夫那已经有了醉意的修饰得光光的面孔。

　　波洛夫同时也看见了他。一直到那个晚上，他们仅仅在上课和开会的时候见过面；他们彼此没有谈过半打的话，所谈的也大都是关于讨论或议事日程的问题。带着多少的惊讶，他们彼此点了一点头。霍洛合林似乎特别的惊讶，虽则他立刻想起来了假使他在旁的什么地方遇见波洛夫的话，那真是会更为惊讶的。他觉得波洛夫在面前，在这混杂和酩酊的兴奋之中，是会妨碍他的思想的，于是，因为要集中思想的缘故，霍洛合林走到这店的尽头去。

没有空的桌子了。当霍洛合林正在决定出去的时候，一个满面笑容的侍者指着波洛夫桌旁的椅子，请他不必客气。

霍洛合林只得走上前去，道道歉，在桌旁坐下。

"当然，欢迎之至，你来我是很高兴的！"波洛夫说着，握了一握手。"他们老是指引什么人坐到我的桌旁来。"他微笑着，"我想他们这样做大概是因为要使其他的客不害怕我的缘故吧！"

霍洛合林叫了啤酒，毫无笑容地说道：

"我倒不懂得为什么人家要害怕你！"

"我看你自己便不很想和我同桌呀！"

"不是那样，"霍洛合林真实地答道，"我是到这里来思虑一下的——也可以说是来聚精会神的。这就是为什么我愿意独自一张桌子……"

"哦，那就难怪！"波洛夫同意着，"但是事情既是这样，那么我们就不妨遵守'一个头脑是好的，但是两个头脑更好的'那句古话吧！你遇到什么严重的事吗？"

"没有，没有什么特别的事！"霍洛合林掩饰地回答。他喝了一杯冷啤酒，于是，拭拭他的嘴，突然加说道："但是，也许，你是对的。有时候他人的经验是很可以帮助一个人的！"

"特别是像我所有的那种经验吧？"波洛夫带着一个使对手方战栗着的神秘的微笑问道。

"为什么特别你的经验？为什么？你知道什么？"

"大概和你所知道的同样的事情。"

"再说明白一点吧——你到底是什么意思？"

霍洛合林一动也不动，在这奇异的晚上，他什么荒谬的事情、什么不能相信的暗合都愿意相信了。但是波洛夫没意思要引起他的好奇心，于是非常简单地说道：

"我们的笔迹真是相像得很！你从没有注意过吗?"

霍洛合林叹了一口气，放下心来，于是，注意着这个叹息，波洛夫开始用心地观察着他的这位不期而遇的同伴。

霍洛合林摇摇他的头。

"我不知道。"

"真的吗?"

"实在的话。"

"那才奇怪。"波洛夫惊骇了，"我以为你一定会注意的……"

"没有，我从没有……"

他不关心地摇摇他的头，把他的酒杯斟满。他沉思地望着灯光，开始饮着。啤酒是冷冰冰的，须用巨大的小心才能吞得下去，这个使霍洛合林的思想涣散了。

他带着十分的好奇心望了波洛夫一眼，于是微笑着。

"哦，你说我们的笔迹很相像吗?"他问道，好像这时候才觉察了对手方所说的话似的，"那真奇巧！你怎么会知道我的笔迹的?"

"哦，我偶然注意到的……"霍洛合林期待地望着他。

波洛夫加说道：

"我记得我看过你写的会议的纪录……"

"那么，"霍洛合林插着嘴说，"你把你写的东西给我看如何。我身上没有我亲笔写的东西。这真有趣得很呢。"

"最好的办法是马上在这里比较一下看。你赞成吗?"

波洛夫取出他的自来水笔和笔记簿，然后移开酒杯，写下"谁也不知道什么"，没有加一个标点把这句子完结。霍洛合林微笑地把笔拿在手中，于是添了一个逗点以后，继续写着："但是谁都装着知道和理解的样子。"

笔迹的相似着实可惊。他们互相望着。

"一百个人中，至多不过有一个人会注意到这是两个不同的人写的，"波洛夫说，套好他的自来水笔，把它放在他的袋里，"而且就连那一个人都不会相信他自己的眼睛呢！"

霍洛合林把自己的那瓶酒喝完了。波洛夫替他斟了一杯。

"不要客气。"他点点头，"喝吧！我在这里是挂账的。"

"你常常到这里来吗？"

"现在这是我的日常生活的一部分了！"

霍洛合林若有所思地摇摇他的头：

"你知道，就你的科学者的经历而言，我自然是愿意和你交换地位的，但是我不愿意经历你在你的私生活中所经历着的那同样的事情……"

"你是讲那事吗？"波洛夫向周围的食桌瞥了一瞥，"我知道这从侧面看来并不怎样引人的心目！但是，看你现在这个情形，我觉得你已经达到了我的生活的第二期，而并没有经过第一期！"他大笑着，但是立刻笑说着，诚恳地，差不多请求似的："你不是要同我谈谈你的心事吗？"

他有一副在他的嘴唇和眼睛的周围起了深深的皱痕的难看的面孔，但是当他微笑的时候它似乎非常动人。他回答对手方的含有意思的话时所带的那种全然直率的态度使人倾向于坦白了。霍洛合林燃了一根纸烟，于是开始感觉有些醉意，带着一种非常低的声调说道：

"我不知道我可不可以和你真正坦白地谈话？"

"我们且试一试看！"

"我们须得把我们的年龄和地位的不同暂时忘记……"

"好的。"

"那么首先请你告诉我，波洛夫你知道是什么东西把我们眼中的科学家的你伤害而且降低的？"

波洛夫声色不动，好像他知道了坦白是弄不出什么结果似的。起初他点点头，于是突然打断了他的质问：

"这当然是很奇怪的，如果我没有注意到人家在我身上所注意到的事的话……"

"但是你自觉到……"

"你真是幼稚啊！福绿特尔是一个无神论者，他不相信上帝与恶魔，他嘲笑一切宗教的迷信。但是如果他看见了一个房间里点着三支蜡烛的时候，他便觉得闷闷不乐。当一只猫拦了他的路的时候，他便觉得心慌。意识是一个东西，为本能所统治着的下意识是一个全然不同的东西。对于我们的意识的范围内所发生的事情，我是同任何旁的人一样地清晰的。"

"两重人格……你的一部分是属于意识的范围以外吗？"霍洛合林微笑着，"没有那样的事啊！两者之中哪一个占着上手呢？"

"它们中间有一个斗争，"波洛夫耸耸他的肩，"一个不绝的斗争！理智和本能并不老是相安无事的。我想你自己也注意到了这点吧……"

"但是一个聪明的人……"霍洛合林开始说，"在我个人看来，我用不着和你的本能交战。如果它们是自然的，而且并没有什么不自然的本能这个东西的话，我相信它们是须得满足的。如果你饿了——吃吧！如果你性欲冲动起来了——你就找一个女人吧！"

他与其说是对他的注意的听者说话，毋宁说是对他自己说话。他显然是在鼓起他自己的勇气，极力想回避他的自尊心所受的打击。

"这样便会消灭一切的戏剧、一切的恋爱悲剧，因为再也不会有什么布尔乔亚的恋爱——使一切人们堕落的恋爱……"

波洛夫微笑着。

"你可知道恋爱是什么吗？"

霍洛合林耸耸他的肩：

"我很可以想象到它是什么……"

波洛夫俯身向着他：

"恋爱是一种伟大的创造力，一种创造了大多数的艺术品，完成了大多数的自我牺牲的行为的力……"

"但是你……"霍洛合林被侮慢了，"你……你怎么样？"

波洛夫镇静地举起他的手，制止着他的话：

"这只证明了我和那个女子的关系不能真正称为恋爱！"

"那么，是什么呢？"

波洛夫开始镇静地说道：

"你知道，关于性的事情的一切问题都是非常复杂的。我们对于它知道得太少了，虽然我们都知道性的感情是一个极端重要的因素。在下等生物中的生理的行为比较的单纯，在人类中变得非常复杂了。他的感觉性不独被像感情和温度这些东西所影响，而且被视觉、被种种内在的调和的状态、被个性的一切香味所影响。一个人愈是文化高，他所经验的感情便愈复杂……在现代人中的纯粹的、局部的性欲不过是一个简单的想象罢了。自然，我是单就常态的人而言的！"

霍洛合林摇摇他的头。

"关于这个你是一点也不知道的——而且也并不想要知道！"波洛夫厉声地说，"只有浅薄的生物学的知识才会把人们引到你所达到了的那些结论上去！"

"什么结论？"霍洛合林插着嘴说。

"那结论就是，比方说，一切的事情都是非常简单的：用性的行为满足你自己，那就一切都好了！只要你知道这是多么荒谬啊！性的感情是这样复杂，单纯的行为是绝不能够使它满足的！"

带着一个狞笑，霍洛合林耸耸他的肩。波洛夫带着显然的不满望着他。

"你使我想起了他们以前所造的那关于共产党员的谣言：他们说共产主义即是性交自由，根据在一切的事情都是像喝一杯水一样简单的那个信条上面……"

霍洛合林停了狞笑，慎重地问道：

"那么，实际上这究竟是怎样的呢？"

"实际上这是比我在一瓶啤酒之前就可以使得你相信的事要复杂得多呀……所以，就我们——文化人——而言，自然的、赤裸裸的动物的行为不仅是一个否定的作用，而且这在生物学上也是否定的，像一种再发、一种隔世遗传一样……"

"我是在问关于你的恋爱的事情……"

"这个我马上就会讲得来的。在某些场合，感情的充满是不正当的，仅仅只有欲望感情和感觉的那复杂的结合的一部分被满足，而其余的部分却是和它冲突的——一种带着内在的极其痛苦的性质的冲突……在这样的场合，分裂性不仅是一种恶德，而且是一种不幸、一种精神的衰弱！这种再发使我堕落到一个非常卑下的水平线，像从你开始我们关于这事的谈话起，你所大概注意到了的……它把我引到失了理智的统御的行为去——你的朋友们极力阻止我和那个女孩子亲近，那是对的……"

他的声音低落了，他带着一个奇妙的叹息中断了他的话，转向窗前；于是，用一种迟缓的、计划的动作把他的兴奋掩饰。他叫来一个侍者，指着那些空的瓶子。侍者带着一种职业的动作攫取了那些空瓶，立刻又拿了新的酒瓶来了。

波洛夫默默地斟满杯子。

"但是你，你自己，似乎很明白这种情形。"霍洛合林批难地说。

"哪一天走到我们的精神病院里去和病人们谈谈看——他们中间有些人能够和医生一样明确地说出他们自己的病！"

"你打算怎么办呢？"霍洛合林兴奋地问。

"我打算教完了这一学期之后，跑到一个远远的什么地方去！像这样简直不能够生活下去了！"

波洛夫兴奋了。他似乎想要停止这个谈话。他微笑着，带着一个勉强的动作看看他的表。

"我最好走吧。你知道,我是住在苏达特郊外的……"

霍洛合林同意地点点头。他感到有暂时换换话题的必要,于是亲切地说:

"在冷空气中走走是很好过的。不过你所住的那一带很坏:差不多每晚都有人被拦劫呀!"

"是的,盗匪很多。但是我带有手枪。"

"我知道,许可证是我们替你办的。"

隐在一堆为公众的娱乐而重重相叠的空的啤酒瓶的篓筐的后面,嘎声的四人合奏团正在奏着探戈舞曲。波洛夫沉思地听了一会儿,立起身来,于是又坐了下去。霍洛合林这时才注意到波洛夫也并非全无醉意,虽则他看来似乎绝对镇静,而且一点也没有用什么举止和行动露出他的醉态来。

第十章

性的诅咒

　　波洛夫用他那双巨大的手掩着他的面，一动也不动地坐了好几分钟。于是，好像突然记起了对手方的存在似的，他大笑着，而他那闪着快乐的光芒的眼睛带着一种对于对手方所表示的周到的那感谢的样子注视着霍洛合林。

　　"就是在昨天我接到了我的姊姊的一封来信。不知为什么她定要提起我儿时的事。她记得她常常叫我作'酸牛乳教授'来打趣我！只是因为我很严肃，而且因为我爱读书！哦，结果怎样？我想我实践了我的绰号！她记起了当我还是一个很小的小孩子的时候，我常常走到池边，捉许多蛙儿做解剖实验，把它们装在玻璃瓶里带回家来，研究它们。一大群的孩子常常跟着我跑。当我捉到老鼠的时候，我总是把它们关在我从她的梳妆台上拿来的一个糖果盒子里面，当我弄完之后，我便非常小心地把盒子放归原处，也不注意那上面满是鲜血，也不想想那东西摆在梳妆台上是很不雅观的……"

　　波洛夫微笑着。

"是的，无疑地我是可以而且应该成为一个卓绝的科学家的……"

"你还是一个卓绝的科学家呀！"霍洛合林插着嘴说。

"你还希望我在工科的事件以后相信这个吗？"

"那只能归咎于你那不幸的恋爱事件……"

"这算不得恋爱！"波洛夫简切地打断他的话，"这不过是一个强烈的魅惑罢了……这是永远也不会有什么好的结果的！"

"这是可怕的！而且你觉察到这是可怕的！那就是我所不能够理解的地方！"霍洛合林兴奋地打断他的话。

"你不能够理解吗？"波洛夫问着，用空虚的眼睛凝视着他，好像它们是在凝视着未来一样，"你不能够理解吗？我自己也不能够理解呢！"

霍洛合林也不十分明白他要说什么他在笑什么。

波洛夫注意了这个，于是改变话题，带着一种不同的声调说道：

"在存在于这大学里的青年中间的那些男女关系的简单之中，我看到了一个现象：独立的精神。一个同某个女子发生了关系的青年，并不以一种私有的感情看待那个女子。像什么'我委身于他了'，或是'她是属于我的'这一类古旧的腐朽的话是再也没有什么人用了……谁也不委身于谁，谁也不属于谁……"

霍洛合林被教授的话弄得很高兴了，耸了一耸他的肩，说道：

"他们结合着，于是又分离着——这是非常简单的。"

"如果这不是完全这么简单的话，这也许还要好一点。他们把它看得太简单了，这就是为什么他们结合得太快，而分离得太快，一点也没有觉察到性的行为并不是自身就是目的，而只是一个创造的过程……"

霍洛合林静默地微笑着。他在想着像他这样一个学医的学生，他是可以用许多的确实的药方除去那种不便，那是毫不成问题的。

波洛夫的头抱在他的手掌里面，用他的两个肘节靠在桌上，机械地把每句话分开，说道：

"但是就是你自己也有一种反对一个女人是属于你的那种遗传的感

情的斗争在你的面前……这是一种非常艰苦的斗争。这是很容易使一个人违反他自己的思想而去要求那些古代的权利的复活的。你会用恳求，用祈祷，用种种自卑的行为去要求它……为了要再有权利叫着'我的'，只有天晓得一个人什么事情不会做呢！"

霍洛合林颤抖着。波洛夫的复杂的半醉的话他听不大清楚。但是关于就是今晚降临而且连续伤害了他的这些小小的侮辱的——维娜、阶梯、安娜——这一切事情的突然的回忆使得他又一度带着恐怖和绝望望着波洛夫。

"我觉得这是讨厌的，非常地讨厌的，"波洛夫带着一个低低的声调继续说，"如果一个男子离不开一个不需要他的女子的话……我看见过很多那样的男子呢。在日里，在他们的办公室中，在那些摆着电话机和大堆的信件的写字台的后面，他们可以做伟大的事业……常常地他们真是一些伟大的、聪明的人……但是在夜里，一个什么愚蠢的、没有脑筋的女子可以戏弄他们，可以要他们做什么就做什么……于是她会离开他，而这位伟大的、聪明的男子便会好像一个疯人一样到处跑着，跟着她，抛弃他的工作，匍匐在她的面前，恳请着，哀吁着，要求着……而你只消看看那女人想一想：到底是怎么一回事？一点也没有趣味，翻天鼻子，没有脑筋，有时简直淫荡……这才可怕啊！"

他耸耸他的肩，好像感到了什么内在的痛苦一样地颤抖着：

"在这种时候一个人可以杀死她，而且同时杀死自己……或者仅仅杀死她！这是一个恶毒的圈套啊！一个蜘蛛的网……我们在骨子里还是私有者，迟早总会堕入网中的……而这并不是恋爱，这是另一种东西！一种赤裸裸的兽性的魅惑！那就是在人的心中唤起私有欲的东西，当心它吧！"

"你，你自己，刚才说了我们的男女关系的简单保证我们不会有那样的事……"

"如果这种简单在你觉得是很自然的，而且你对自己是忠实的……

但是如果用这种简单，用像布尔乔亚这一类的字眼，你只是掩饰你自己的意志的缺乏，你的放纵性……那么，当心吧，霍洛合林！"

霍洛合林同情地望着他。波洛夫的那带着痛苦的明显的皱纹的面孔，在这时候非常可怜。但是对于这个人的柔弱不禁有些愤怒和失望，霍洛合林仅仅说道：

"你怎么弄到了这种田地呢？"

但是用一种较为柔和的声调把他的话的苛刻和缓下来，他加说道：

"真的，波洛夫，你到底怎么弄的呢？"

"这是很简单的……一切的开端都是因为个个人叫我教授这个诨名，而且想想那人生的真正的快乐告诉我……在那个时候，你知道，逛窑子这事是被认为对于每个青年的健康有益的……在我们学校里，脸上的每个酒刺都是被当作一个男孩子需要一个女人的明证……性的放纵几乎是一种美德：数百年间，唐裘之成为诗中的主人公是无怪其然的……因此，我也跟着放荡起来了……现在没有一个人想想儿童和青年的性教育，这真是一件憾事，一个大的不幸啊！"

霍洛合林点点头。波洛夫并不想掩饰他那渐渐变成了非常愤激的兴奋，继续讲着他的故事：

"人们对于这件事情，各有各的想法，这样说也许更正确一点……在我们中间有一个同学成了我们羡慕的对象，因为他的母亲请了一个漂亮的使女……意想不到地促进了他在学校里的功课，因为只有当他把优秀的成绩带回家来的时候，他才能博得这位姑娘的欢喜——如果有什么成绩不及格的时候，这位姑娘便怎么样也不和他亲近了……"

他喝了一点啤酒，于是忍住叹息，苦笑地说：

"我是要把我自己的故事对你讲完的，但是这一切都值得你想一想的。从前，有一天，我走到我的父亲面前，告诉他我犯了手淫。他听了我的话，两手插在口袋里，走开去了，说了一句：'你会变成一个白痴的！'"

"他仅仅说了那么一句吗?"

"仅仅说了那么一句!以后我们再也没有谈这问题了!"

霍洛合林恐怖地望着波洛夫。波洛夫面上的肌肉痉挛着,继续讲着他的故事:

"去年我和我的同事们在大学里做了关于性问题的调查,而我敢断言我的并不是一个例外;这是经常地发生着,不过这总是被人很小心地掩饰着。问问那些有机会考察小孩和青年们的教员先生,问问那些替十三岁的女孩子堕胎的医生们,同那些专门研究花柳病的医生们谈谈看……不幸的是,如果一个人一旦失掉了他的锻炼自己的能力的时候,要把它恢复是很困难的。如果失掉得太久的时候,恢复简直会成为不可能……你大概知道在我们的精神病院中的妇人百分之九十是害着性的方面的种种精神的,神经的病的吧……你可认识维娜瓦柯夫吗?"他突然地问。

霍洛合林狼狈了,没有立刻回答。

"不十分相熟……这似乎是一个奇异的偶合,我就是在今晚遇见她的……"

波洛夫俯视着,带着一种紧张的声调问道:

"你是和旁的人一样地遇见她的吗?"

霍洛合林耸耸他的肩。

"我不知道旁的人的事……"他嗫嚅着。

波洛夫干了他的酒杯,这么使劲地把这酒杯向桌上一放,使得它一声不响地碎了,好像它是泥土做成的一样。

他大笑着,叫着侍者,侍者把杯子的碎片捡去,拿了一个新的杯子来。现在,和他谈关于维娜的话似乎是完全不成问题的。

"她也病了。"波洛夫说,"我在一个医生的办公室碰见了她,她正在那里受着关于神经战栗的治疗……有时这种神经战栗是人工堕胎的结果……无论如何,在我的生活中总有些可怕的地方。当我通过了高等学校的毕业试验的时候，我的乳母对我说我是我的家庭中的一个不受欢迎的客。我的父母用了种种的方法要把我流产，但是终于没有成功……我知道这事知道得太迟，所以没有法子想，要不然的话，我早就不会生在家里来麻烦他们的。"

波洛夫对着霍洛合林的那充满了恐怖的圆睁着的眼睛微笑着。

"不要怕，"他淡然地说，"这并不是那么可怕的。我们都到过狗胡同的！人人都从那里经过了的……当你到了那里的时候，你应该做的唯一的事情就是在相当的时候你得觉悟过来。当这个学期完了的时候——在五月或者六月，我要到南方去——这个已经决定了！我想关于这事校务会也已经非正式地讨论了一下吧。"

"是的，关于这事讨论过的。"

霍洛合林默不作声。一会儿，他以对于这个病人的他自己的优越而自豪，但是立刻像一道电光一样，整整这个晚上的回忆从他的脑中闪过，他恐怖起来了：为他自己，为波洛夫，为一切和他们一样被陷在那巨大的、白色的、绮丽的性的蜘蛛的网中了的人们。那性的蜘蛛不是在吮着血，而是在吮着脑髓，这人体的精华——脑髓。

从这灰色的、蒸气的、烟雾的空气里，他不能看得非常清楚；但是他觉得波洛夫的面孔好像在游移不定，在变得苍白，而且在变成一个蜘蛛的头。酒杯的铿锵声把他从幻想中惊醒了，他端起他的酒杯，一饮而尽。

这个使他振作了。波洛夫问道：

"你到这里来的时候，你在想什么？"

"哦，我记不起来了！"

"你不可以记一记看吗？"

霍洛合林想到了安娜，想到了彼特罗娃，想到了在公共宿舍、在每个屋子里、在每个房间里的一切的女人，她们都没有想要把他从像波洛夫所害着的这种可怕的再发中救出来，但是关于这个他是不能够对波洛夫说的。

他用他的一只热的手拭拭他的前额，望着波洛夫。

"我走进这里来是看可不可以找到一个适当的女人……"

"哦!"对手方不关心地说，"对管理人说……他们便会替你叫一个来的……他们是很熟悉她们的。我最好是去吧……"

他粗率地立起身来，但是很客气地握了握手。

"再见。我不愿意打扰了你的计划，而且无论如何现在是我要走的时候了……"

在他向门边走去的时候，他向侍者点点头，侍者用一种对于老主顾的恭敬的亲切回答了他，而且揭开了一本长长的账簿，把账记上。

霍洛合林换了他的座位，喝完他的啤酒，向那半掩在空的箱子后面的舞台望着。正在这时，一个穿着露出膝来的苏格兰的服装的、搽着很多的胭脂的女人登上这舞台了。

疲倦了的四人合奏团开始奏着苏格兰的舞曲，舞女在她的醉了的观众的欢呼喝彩声中开始旋舞起来。

第二部　聪明的人们

第一章

聪明的人们

城市的下手半里左右，正在伏尔加的河岸上，我们的有名的工厂——斯塔洛格拉特斯基制造公司好像在永远的雾的远景中的守望阁一样矗立着。为这多层的工厂建筑物的红色的砖墙筑定基础的时候，在一个薄薄的砂层下面发现了鞑靼人入寇的遗迹。

在小山的脚下的砂岸的狭长的地带上，有许多码头和许多小舟。小舟把那些好像依然盖着一层土耳其斯坦尘埃的笨重的棉花包卸在岸上，为紧张而跟着的工厂的马把笨重的货物运上小山去。

码头上把新近纺就的棉纱一捆一捆地装上那行色匆匆的汽船。这些巨大的堂堂的汽船，把货物运到约莫在这河的下游一百里远近的哥利卡兰米绥的村落去，在那里，在他们的闲暇的时候，许多农夫在他们的草舍中用单纯的木制织机织成那无比的斯塔洛格拉特斯基的手工业品。

在事务所，一切的游览者和参观者都被示以这种非常结实的织物的大捆的样本。在这结实之中，在这鲜明的色彩的无尽藏的丰富之中，甚至在旧式的装置所必需的图案的标准的简单之中，参观者不能不感觉到埋藏在伏尔加下游的青草的小山里的几千年的芳香。

"我们没有必要的设备，"一个工厂监督总是这样解说，"所以我们再不制造我们的丝质手工业品了……现在做的手工业品还不完全精细……"

他遗憾地把他的客送出门外，把他们托付管理者，管理者便引导这些游客从一层楼上走到另一层楼上，把那由棉花变成最细长的棉纱的秘密告诉他们。

在工厂和大学之间，在工厂的周围发达起来的劳动村落和学生俱乐部之间，保持了从大学建立时就开始了的一种非常友爱的关系。依据市会的决议，从工厂的地租税得来的钱充作种种的学生组织的费用。

革命以后，工厂和大学之间的友爱而亲睦的关系被安置在一个更加稳固的基础上了，而且这些关系直到现在还都保持着。读者须得注意我们大学的生活的显著的特征之一便是我们和工厂的这密切的关系，这是被在这种神秘而可怕的悲剧发生之后，一切研究我们的青年的生活的考察者们完全忽略了的一个要素。

这些关系都是自然发生的，双方并没有费什么力来促成它们。它们是由那些从工厂里来的学生们开始的；它们由常常互相竞赛的足球队之间，溜冰者、滑冰者和象棋选手之间的那竞争的精神强固起来；最后它们是由我们的非职业剧团传播在学生和工人大众的中间的。

在学生俱乐部中组织的这有着一个小小的、装置简陋的舞台的剧团并不很坏。这个剧团后来演了一个取材于这些事件的戏，这个戏我们已经在前面提及过。这个剧团参加了工厂俱乐部的每个新的演剧，在这种时候，工厂俱乐部总是充满了工人和学生。

如果你记得所有的共产主义的学生们是经常被派遣到工厂俱乐部去教授夜课，去听大学教授们在那里举行的自由讲演的话，那么，工厂在大学的生活中演着怎样重要的角色，而大学在劳动村落（工厂俱乐部更不待言）中又演着怎样重要的角色是很了然的吧。

霍洛合林是在工厂讲演的学生之一，他经常指导几班学习政治学初步的青年工人。恰恰是在已经叙述了的许多事件的第二天晚上，他在工厂俱乐部有一班夜课。

那常常开来迎接讲师的工厂汽车在十五分钟之内把他载到工厂了，但是汽车的疯狂的速力和那已经充满了春天的湿气的冷的空气的流动似乎都不能使他心神愉快起来。他在离开很迅速地帮着她们的顾客恢复精神的平衡的那亲切的卖淫妇所住的酒场后面的天井中的木造边房的小小的走廊时，所带的那种深的嫌恶的感情，整整的一夜没有离开他。肥皂和热水都不能把他的这污秽的感情洗掉。他带着这种感情一直到将近天亮的时候才睡觉。在晚边，当他听见了他的前门的汽车的声音的时候，他又带着这种同样的感情惊醒了。

载着他走下大街，这汽车怒吼而颤动着。他不曾注意车的疾驰，他也不曾眺望街道，但是眼睛凝视着车夫的背，他专心地而且精密地在想，好像他是在预备他的行将讲演的事情一样。

"波洛夫一定是对的……是的，他是对的！"他想道，在他的心里把每句话加重地说着，"为什么我以前从没有想到这点呢？露骨的性行为是一点用处也没有的，一点也不能够使人镇静，实际上反而使内心的一切发生冲突……"

他想及了安娜，同时自然地也想及了维娜——和她们两人完全绝缘了。安娜非常顽强，谁也不能说服她，而且也犯不着去说服她。维娜嘲笑而戏弄着——这自然是很明白的，而且一想到她就不能不想到波洛夫，想到蜘蛛，想到那木造的边房，想到带着坐在网中的蜘蛛的可怕的形状的那一切纠缠不清的事情。

"不，我得开始一个新的生活！"霍洛合林决心地说，"一切都重新开始！"

新的生活的思想就是意味着新的女人的问题——没有女人要好好地做事是不可能的。霍洛合林对于这个问题毫无疑义——没有女人是不能够有精神的平衡的，没有精神的平衡是不能够有什么生活、什么学业、什么工作的。

"那简直会跟波洛夫一样呀，"他愤怒地想着，走出汽车，"没有什么不同！"

"我们太早了，"车夫说，"他们还在做工。暂且到事务所去吧……"

霍洛合林觉得很冷。他走进事务所，但是在那里面也不见得温暖。一会儿后，他走上了那铁的扶梯，开始在工厂之中四处游览。

最后的工作时间快要完了，整千的轮轴带着响彻了整整五层楼的那不绝的单调的响音轰轰地鸣着。说话是很困难的，要听到别人的话是不可能的。霍洛合林对着他所认识的工人们默默地微笑，而当他们对他说什么话的时候，他只是摇摇他的手。他一层一层楼地游览上去，叹赏着那啮着大堆棉花的可惊的机器，眺望着把完成了的纱卷取了出来的几百只敏捷的手。

他想到了伏尔加，想到了那些旷野，想到了由那些骸骨已经在附近的坟墓中腐烂了的织工们弄得著名了的手工业品。

在最高的一层楼上，一个挽着艳丽的红色的头巾、裸着双臂、露着颈儿、站在两个机器中间的女孩子，使他联想到把一种热烈的生的欲望和欢笑着征服别人的欢乐的力遗给他们的子孙的那爱好自由的伏尔加船夫们。

霍洛合林羡慕地望着她——她正在走下一条狭小的走廊，为了要让一个年轻男子的路，她把她的裸着的手臂放在他的肩上，这个举动足以使那对于女人的热烈的欲望又在霍洛合林的心里燃烧起来。

这女郎看见霍洛合林，点了点头。

霍洛合林回了礼，记起了她——她是他所教导的那班中的一个女生。

"寻求吧，你就会得到的！"他想着，对这女郎微笑着，向前走去。她高声叫道：

"我们马上就要完了!"

他回头望着,看见一个工人用阴沉的、含怒的眼睛盯着他,因此他没有回答。一会儿,汽笛的声音好像一个遥远的回音一样,把工厂里的一切声音湮没了,于是这许多的机器一一停止下来。霍洛合林在那拥挤狭小的铁的扶梯上面的工人的群中,开始走出工厂。

"霍洛合林同志!"

他回头来望,他差不多确信着这一定是她,他猜得果然不错。从人从中挤了过来,她赶上了他。

"我们要稍微洗一洗脸,马上到俱乐部来。不要在我们还没有到的时候就开始……"

他点点头,感觉到这个餍于肉体的劳动的、驯熟的、疲劳工厂的骚音使得他精神爽快了。他对这女郎微笑着,俯身向着她,好像一个沙漠中的旅行者向着意外的泉水一样,说:

"当然我会等着的,"于是询问地加说着,"你是娃利亚吗?"

她笑着,但是她的眼睛闪耀着一种像小孩子被人们当作成人一样交谈着的时候的特殊的欢喜——一种带着信赖来回答的感谢的喜悦。她说:

"是的。你怎么恰恰记得?"

"恰恰记得。"

"你知道我的姓吗?"

他踌躇了一会儿,于是好像一个人突然跳入冷水里面一样说道:

"你的姓?我知道——波罗夫兹夫!"

这个走下扶梯的密集的工人的群把他们压在一块,他们并肩地走着,他们互相冲撞着,而且和旁的人们冲撞着。霍洛合林俯身向着她,带着一种几乎兴奋的声调在她的耳边低低地说:

"在这个夏天为着替你们图书部取什么书的事到我那里去过,你记得吗?"

84

"当然！我记得！"

她抬起她的充满着惊奇的眼。一刹那间霍洛合林想道："我怎么能够……"但是他快乐地继续说着：

"我本是预备两天以后到工厂里来和孩子们游船去的……"

"而你并没有来！"

在她的声调里带着忧郁的批难和从顺。霍洛合林默然地抚着他的胸——他的心带着一种后悔的冷的波浪而紧缩着。

"是的，我那时要到旁的地方去，"他回答道，"去做野外工作……现在还是一样：只有工作、研究，只有鬼知道还有什么——简直没有时间做我自己的事！"

他让他的两手垂下，紧紧地握着这女郎的手：

"从此我们要常常见面，我们不吗？"

她两颊绯红，没有回答，但是她也没有抽开她的手。霍洛合林站在门外，带着可爱的单纯和忠实说：

"我现在需要一个朋友，一个像你一样的朋友……我在这工厂里四处走了一遍以后，我马上觉得我好正的生活，并不像在大学里的一样……"

她低头不语地站着，一直到她听见他的这句问话的时候：

"你愿意我们在一道读书、思想、散步吗？我不得不时时到这里来，但是我不喜欢一个人孤单单的，你愿意吗？"

"当然我愿意。"她回答。

"我需要一个朋友，我需要一个朋友！"他重复着说，紧握着她的两手，"只要你知道我是怎样地需要一个朋友啊！"

"或许我也需要一个。"她带着她的声调中那小孩似的勇敢回答着，把她的手抽开。

"娃利亚！"他感谢地叫着。

她笑着走开了，但是一瞬间的谈话已足使霍洛合林只要想到他的新生活的时候就要想到这个女郎——在整整的这个晚上，在走去授课的时候，在俱乐部里的时候，他总是想念着她。

汽车比平常来得早一点，霍洛合林为了不得不停止授课而惋惜着。

十六个结着红色的领带的年轻的孩子，带着混以笑声和戏谑的质问把他送到俱乐部的门外。娃利亚跟着他们走到走廊，微笑着，好像一个老朋友似的。他和她握了握手，她那一双欢送着他的闪耀着的眼睛好像是在对全世界发笑一样。

"礼拜三?"她叫。

"是的，礼拜三，和平常一样!"

汽车怒吼着，颤动着，走上它的征途。霍洛合林把他的帽子拉下一点，把领子卷起，把围巾圈在颈上。在整个的归途中，他隐蔽在衣服的温暖里，一动也不动地坐着。

他快活地叩着他住的那屋子的小小的门。女主人非常敏捷地把门开了。

结了冰的板子在他的脚下轧拉地作响，霍洛合林待要跑过她，但是被她叫住了:

"有一个人在等着你!"

"谁?"他几乎叫起来了，他的心跳了一跳。

女主人摇摇她的头。他急急地跑过黑暗的走廊走进他那小小的房间里去。里面是黑暗的，只有街上朦胧的灯光从窗中射了进来，但是这个灯光已足使他认出那坐在桌旁的来客是维娜瓦柯夫。

他惊讶地在门边站住了，维娜好奇地眺望着他。他吃吃地说:

"你好?"

维娜笑着。

"你真是个奇怪的人，霍洛合林! 在你不应该的时候，你差不多把你的衣服脱得精光，而在你应该的时候，你连你的大衣都不能脱下了! 你是不是变态呢?"

86

他走到她的面前。

"维娜，你到这里来做什么？"

他的声音颤动了。维娜转向别处，带着一种深情脉脉的含羞，低声地，差不多柔顺地答道：

"你还要问吗？"

"维娜！"

他向她走上一步，于是又退一步，把他的大衣、帽子、围巾脱下，丢在一边，于是，有生以来第一次跪在一个女人的面前了。这似乎使维娜感动了，她拥抱着他的头，把他放在自己的膝上。

"真的，你太可爱了。"

"维娜！"他挺身而起，"维娜！你到这里来做什么？来讲阿苏金的事的吗？来戏弄我的吗？或者……"

"第一，第二和第三！"她说，

"和第三吗？"他叫起来了。

"和第三！"她毅然地，但是带着一种战栗的声调回答。

"而你要到我这里来……"

她厌烦地望着他，但是马上微笑着：

"阿苏金在我那里的时候，我可以到你这里来——此外没有什么……"

"她去了以后呢？"

"以后你可以到我那里去……但是你究竟在议论什么？"她愤怒地加说着，"议论什么？"

她把她的毛皮大衣解开，于是，像蛇样地敏捷，让大衣从她的肩膊上面脱下。霍洛合林与其说是看见了，不如说是猜着了那鲜丽的闺衣。他把他的身子紧紧地压在她的胸前，于是突然地带着欢乐的笑声，带着他和安娜周旋的时候的同样的轻舒和简便，他把维娜抱到他的床上。

第二章

恋爱的男女

那天晚上是我们象棋比赛决战的晚上，在竞赛开始之前，俱乐部早已拥挤不堪了。虽然这些观战的人对于科罗列夫会获胜这事没有什么怀疑，但是他和已经博得了象棋能手称号的阿奇金的竞赛却引起了格外的兴趣，特别是因为科罗列夫在这个比赛当中所获得的成功。

自从科罗列夫做了我们城里的选手，后来又做了全伏尔加地方的选手以后，我们都希望能够把他送到莫斯科去参加全国的象棋比赛，但是在我们中间发生的这些事件妨害了我们的这个计划的实现。我们相信如果我们的选手出场了的话，那引起了全世界的注目的少年墨西哥人的名誉一定要受打击的。

那天晚上科罗列夫很兴奋，而且多少有点心慌。他擦着他的两手，极力嬉笑着，但是好像没有听到一样回答着人家的问题，他甚至连已经进了俱乐部的佐雅也好久没有注意。

当他看见了她的时候，他们握握手，他低低地说：

"你来得真好。比赛没有完的时候，请你不要离开吧。"

"你昨天没有失败吗？"

"不，"他回答，于是凝视着她的眼睛，突然地大笑着，带着镇静的确信说，"我不会失败的！你给了我一种力量——我可以感觉到！"

他马上走开，好像急于要表现他的力量似的。他叫道：

"我们什么时候开始？时间到了呀！"

"阿奇金不在这里！"干事做着颓然的手势说。

"他到什么地方去了？"

"他还没有到。"

在室中的格里兹走上前来说：

"什么鬼！一点钟以前我就看见了他——他是到这里来的。"

"他一个人吗？"干事意味深长地问。

"不，同格里丽微基一道！"

干事吹着口笛，摇摇他的头。科罗列夫耸耸他的肩，愤愤地怨语着：

"我真不懂为什么我们的朋友们老是追逐着女人，一点也不觉得厌倦。她不过是一个玩偶罢了……"

"他该不会忘记比赛的事吧，该死的东西？"

"也许，"格里兹笑着，"有一次，他连他自己的钱和别人的钱的分别都忘记了！"

"你在讲什么？"科罗列夫问，"什么事？"

"这是霍洛合林说的。我不知道。我只知道现在培格自己也当起会计来了……这许多的衣服和领带，他还可以从什么地方得来呢？"

"那是多虑啊！霍洛合林怎么的了？"

"他昨晚在这里，同疯子一样胡闹，但是今天他还没有出面。安娜把他踢出去了……这就是他的近况！"

塞尼亚嫌恶地从谛听着的学生的群里挤了出来，预备离去，正在这个当儿，干事叫道：

"开始吧！阿奇金来了……坐下吧，同志们！"

室内的所有人都静下来了，骚然的足音停止了，竞技者被一群观众围绕着在桌旁坐下。

佐雅挤到前面准备观战。

阿奇金拿了白子。站在佐雅背后的一个什么人同情地为科罗列夫叹息着，但是马上又有一个人愤怒地低语着：

"不要老早就把他埋没了！看他怎样下手！"

塞尼亚的盛装的对手开始走动一马。这种流行的走法其目的是在开放城堡以应战，但是这种走法是可以迟缓中央的发展、削弱步兵的势力的。

突然觉到了他的动作，阿奇金开始谨慎地下着。观众非常沉默了。在掩护将军之后的第十四着，他走动步兵而把象封锁。塞尼亚的动作是很明显的——在观众的一般的激励的细语之下，他走动马。从此白子的右翼被封锁，而且在一个不断的威胁之下了。

阿奇金困惑地燃着一支纸烟。塞尼亚在开始最后的攻击之前巩固了自己的阵地。直到第二十一着的时候，这个计划周详的进攻才开始。不知道怎样拯救它的将军，白色的马开始四处跳着。

"太迟了。"佐雅背后一个人这样低语。

黑子巧妙地把敌人剿灭殆尽。虽然还有棋子，但是阿奇金已经防守乏术了。在观众还没有想到这个壮丽的结局之前，他便立起身来。

"我输了！"他带着一种重浊的声音说。

一阵震耳的喝彩的雷声祝贺着这站了起来和他的对手握手的科罗列夫。受着一切祝贺，他挤到了佐雅的身边。

"阿奇金这次的比赛真是太不行了，"他连忙说道，"他今天到底怎么的呢？起初我真不知道结果怎样，可是结果竟这么容易……我是希望着打个平手的！我们出去吧，不然的话，谈话和祝贺会要闹个不休……而实际并没有什么值得祝贺的！"

"也许没有什么值得祝贺的，但是无论什么高妙的技艺都是美丽的。"佐雅说，当他们离了俱乐部正在走到那静悄悄的街道去的时候。"如果它是一个真正的杰作的话，不管它是一种什么技艺总归是一样的！"她加说着，"靴匠制作一双皮靴也好，山姆森洛夫替一个病人施行手术也好……下棋也好，吟诗也好，名手总是使人心服的！"

在他们的头上是高的天空、淡白的星光和碧蓝的月亮，灯光在街道的石隙之中闪耀着。

"我们到哪里去呢?"他问。

"什么地方去都可以……"

石的街道通到了一个黑暗的方场。佐雅稍稍在前而倚在他的手臂上，正向一座有着高高的石级和白色的圆柱的白屋走去。

她微笑着:

"你愿意在这里坐一会儿吗?"

他没有回答，但是已经把他的大衣铺在一个石级上面了。佐雅挨着他坐下。塞尼亚两手捧着她的脸，把它转向着他。

"佐雅!"

"什么?"

他笑着。

"我唯一的遗憾就是你自己不能看见你在这个时候是怎样地美丽！"

"只有这个时候!"

她的脸儿贴近着，她的湿润的唇使他的头晕眩了。他把他的坚强的手放在她的肩膊上，把她拉近他的身边。

"佐雅，告诉我，我怎么样能够使得你爱我呢?"

"你无须怎么样。"

"你爱我吗，佐雅?"

她用不着回答——她的唇已经紧贴在他的唇上了。在她的头上是在碧蓝的月亮正把愤怒的星星的青辉掩没着的那天空之中消失着的圆柱的白色的影。

许多的眼泪好像露珠一样在她的眼睛里。

"佐雅，你在哭什么呢?"他叫。

"我不知道……"

"以前从没有人吻过你吗?"

"没有——从没有!"

"你怕我吗?"

"不。"

"你多少岁了，佐雅?"

"十八岁。"

"你以前从没有爱过什么人吗?"

"没有。"

"佐雅，你的眼睛里为什么有眼泪呢?"

"我不知道。塞尼亚，我不知道……"

她倚在他的肩上，站了起来:

"你会受凉，塞尼亚。我们走吧!"

她替他扣好大衣;他吻着她的两手，非常严肃地说:

"我的爱不会继续很久的，仅仅到我死去的时候!"

第三章

工厂呢还是大学呢？

　　就关于在我们城里发生的这悲剧事件的种种局面的材料而论，有一个非常可取之点：那就是无须用我们研究最初的事件时的那同样的详细来细述其后的事件了。

　　有了不必叙述那已经周知的事实的这个优越之点，我们可以带着那实际发生的事件的同样的速度来直接探讨这事件的主要过程，仅仅考究那极其重要的事实和那没有被人注意或是一直到现在才被知道的事实。

　　但是把他们的报告中的弱点完全归咎于知识的缺乏，这对于各种各样的作者是不公平的。

　　他们那种要减轻事件的重要性，要缓和问题的尖锐性，要缩小影响的范围，而且要把一切看作刑事的史实的那有意识的和无意识的欲望，仅仅恃在问题解决的困难上引起了一般的注意——这一切的动机都是演了重要的角色的。

　　我们的"晚报"用这些事件做了一篇小说的情节这事实已足确立这个推论了。

另一方面，关于"打倒羞耻"和"打倒纯洁"这样的团体，我们甚至在布哈林同志在最近党的大会上的关于共产青年的组织的演说中提及以前就知道了，而且关于这一类的事情我们比在莫斯科的人所知道的大概要多——我们简直不认为这些事件的刑事的要素是占着主要的位置，或者是很重要的。

像常常在老套的侦探小说中所处置的一样，把重要的登场人物超越他们的环境、超越他们的日常生活、超越他们的氛围的事我们不能想象。这就是为什么我们不能把工场村落、娃利亚波罗夫兹夫和使得我们的小说超越登于一般的新闻纸上的新闻的普通形式的限界的那许多其他的事情省却的缘故。

我们的小说的其余的部分便会指示出我们的观念的正确与否。

春天，在我们的地方——在伏尔加的下游——突如其来地到了。继着严重的霜雪和怒号的朔风之后，快乐的太阳突然出现于蔚蓝的天空，垂冰开始落到檐下的雪堆里，好像一只看不见的手在把它们切断下来似的；街道变成黑色了，而且它们被不知道从什么地方来的污泥所掩蔽，车辙变成了小溪，于是，立刻，全街都充满着水了；小山的脚下为了小小的瀑布而骚然了；黑色的细道一条条地在步道上显露出来，青年们弃去了他们的套鞋，开始穿着那好像很新的、擦得光光的皮鞋出现了。

从那关了一个冬天而且因为积了一季的尘埃而变黑了的窗里眺望那做着游戏的小孩们，真有点令人难耐了。

维娜的窗已经开了整整的一个礼拜了，仅仅在夜里关着。胸下放着一个枕头，她躺在窗槛上面，眺望着街道。

佐雅在从房里的这一角到那一角地踱着——她觉得好像一个无缘无故地被禁在一个木箱里的小猫一样。她想抓想咬，但是感觉着她自己对于这坚固的四壁的无力，她只得深深地叹道：

"啊呀！什么时候才能了结呢？他约了早晨到这里来的。"

"佐雅，为什么这样大惊小怪呢？上一次我看见霍洛合林的时候，他答应了你可以复学的。"

"我再也不要复学了！"

"你要什么呢？"

"我要去做工！要无求于人！"

"空谈，空谈，只是空谈哟！"维娜打着呵欠，突然大笑着，"但是，如果你是当真的话，我到底为什么要去会他呢？"

"你是为着我的缘故而去的吗？"佐雅谨听着。

维娜从窗槛上起身，望着她的朋友：

"你不要那样想！没有你的事我也会去的——这不过是一个很好的口实罢了。他简直疯了……亲爱的，我是怎样地痛恨他们那些人啊！"

"为什么？"

"为着那同样的事情！"

"手和脚的事情吗？"

"是的，正是！"她把她的身子挺直，好像准备为着她的这话的真理而战一样，"你相信在每一百个男子中间有两个以上的男子是为着养小孩的目的而和一个女人同居或者结婚的吗？"

"我相信还不止两个！"

"我不相信！"

她把她的两手放在她的两鬓上，摇摇她的头。

"佐雅！这一切多么讨厌啊！不到结婚的时候我本来是不需要那种事情的！但是他诱导了我，破坏了我，而且从那时起不绝地干着这事！这讨厌的私生活花去了多少的时间、多少的精力和神经，而且我本有精力可以把大学的功课修完的！用这同样的神经，人们写着诗、绘着画、做着重要的事情，而我们干了什么呢？"

她忧愁地望着窗外说："科罗列夫来了！"于是沉默了。

佐雅走出迎接他，他们一道走了进来。

"真的，"他说着，"真的，佐雅？明天你可以到工厂里去开始做工了！恭喜，恭喜——你在开始一个新的生活了，一切都新颖、真实而正当！"

他微笑着，紧握着她的两手。

"佐雅，为了这事有一天你会感谢我的！在我谈起这事以前，我同他下了十二盘棋。我真料不到我能够在我的象棋游戏中得到这么具体的利益。"他大笑着，举起他的手指。"但是我并没有做什么卑劣的事，同志们！我仅仅输了一盘！而且是老老实实地输去的。我是心不在焉，而没有注意到他的王城的移动。"他带着专门家的自信加说着，"那就是唯一的原因。"

佐雅在室中旋转地走着，首先吻一吻维娜，于是吻着科罗列夫。他半闭着他的眼，于是再又打开，而再一度变得严肃了：

"等一等，等一等——另外还有一个重大的问题！霍洛合林到这里来了没有？"他转向维娜。而当她摇摇她的头的时候，他说："他马上要来了！我们须得在他到来之前决定，佐雅，你已经复学了！"

维娜喘着气，佐雅惊愕地张大着她的眼睛。

"你须得选择！工厂呢还是大学呢？"

佐雅冷静地说：

"我早已决定了。我愿意到工厂里去。"

"好！"科罗列夫差不多叫了起来，"那么，我可以告诉你当我们审查着你的请求书的时候，中央委员会是怎样的情形……"

塞尼亚笑着，叹着气，开始在室中四围走着，时时向那一动也不动地站在窗前的维娜投以欣欣得意的眼光。

"霍洛合林疯了，而且露出了一种非常滑稽的样子。第一他在你的请求书上加上一个这样的报告使得主席为之瞠目了。他说：第一，他们到底为什么要把她开除呢？于是他们接到了从地方委员会来的非常有力的荐书。一个绝大的成功。报告上说你再没有和你的父亲同住了。委员会的人只得耸耸他们的肩，而且决定去责备大学委员会……"

"我想霍洛合林真是立了奇功！"维娜微笑着。

"他一定正在好像一个胜利者一样地走到这里来呀！"

维娜跳了起来，她的指头捏得这样紧，使得它们噼啪地响起来了。血涌上了她的面孔，她的面孔变得这样通红，使得佐雅惊愕地望着她，这么一望倒使得维娜恢复了自制。她带着高慢的微笑坐了下来：

"好，我们且看吧……"

塞尼亚突然转向佐雅：

"因此你知道，佐雅，你可以毫不困难地回到大学去……在那里这样的事情他们看得非常简单：就令他当过牧师又有什么呢？第一他再不是牧师了，第二她现在没有和他的家人同住了……你用不着扭怩呀。赶快选择吧！"

他站在她的面前，微笑着，没有改变他的诙谐的调子。他的心里并不怎样镇静——他只愿意做一件事情——让佐雅有个自由的选择。他觉得如果他在那个时候对她有所压迫的话，他是会毕生失掉他的心的平和的。

关于她的选择，他差不多没有什么疑虑。但是他知道只要一句话，佐雅就可以永远在他的心里注入一种对于她的诚实的怀疑的感情。

她沉思了一会儿：

"有什么要选择呢？"

塞尼亚没有了解她的话，于是带着无力掩饰的困惑，说：

"赶快决定吧，佐雅。"

"我早已决定了！"

"你决定了什么？"他焦急地问。

她转向着他，她的眼睛像窗外的蔚蓝的天空一样光泽：

"到工厂里去！"她叫道，"到工厂里去，塞尼亚！……且特别是现在要到工厂里去！我要生活，要爱，要欢喜，要工作，而且要像旁人一样，不当作一个例外者到大学里去。……"

科罗列夫用他的两手掩着他的面，说：

"就是这样吧！关于这个问题再没有什么要说的了。现在还有一件事情：我在电车上碰见了霍洛合林，看了他那种垂头丧气的样子，我知道他是到这里来的。我们怎样对他讲呢？"

"你是什么意思？是不是关于我回不回到大学去的事呢？"

"是的，是的，这样我们才可以破釜沉舟……"

佐雅走到窗前想了一会儿。

"最重大的问题就是，"她说，"我会好几天甚至好几个礼拜不能看见那个人一次……"

"你说的是谁呢？"塞尼亚面上带着一种爱娇的小孩似的微笑问。

"那倒不是重要之点！"她转了过去，"这个问题本身却是很重要的……"

"而且，你会把你的手上的皮肤弄坏呀……"

佐雅抬起头来：

"塞尼亚，我再也不会着急我的手比着急关于我的纯洁和健康的一切还要利害了，而且工作对于我并不算什么新奇！也许我会比现在还要觉得舒服些——就是这样。……"

塞尼亚走到她的面前。

"那么最重要的问题就是那个人会不会每个礼拜六来看你——是不是呢？"

"他会来吗，塞尼亚？"

"他一定会来，佐雅！"

佐雅紧紧地握着他的手，转向窗前。现在，仅仅现在，在她这年方十八的时候，一种对于街道的魅惑和春的天空的美丽的锐敏的感受性与恋爱同来了。与这种感受性比起来，她以前一切的经验都似乎暗淡无光了。

"那么，我们怎么样告诉霍洛合林呢，同志们？"

一直沉默到现在的维娜跳了起来：

"多么奇异啊！你确实决定了吗，佐雅?"

"是的！"

"最后吗？你不会后悔吗?"

佐雅带着一种自负的神气微笑着。维娜摇着她的手：

"那么，很好！我亲自去和霍洛合林说！一切都一定会好好地完结的！"

"你去说吧！"科罗列夫带着嘲弄的严肃庄重地许诺了，"那么我们走吧，佐雅！你愿意去散一散步吗？大的污水潭，小孩子们在那里面游戏着，温和的太阳！你不到下个礼拜再也不会有这种机会了！"

"那就使得这个更觉有意义呢！"

"穿上你的衣服吧！"

她带着愉快迅速穿上衣服。维娜注视着她和在帮助她穿衣的科罗列夫——她羡慕他们。一种漠然的、不愉快的思想闪过她的脑海。她并不加以穷究，但是走到科罗列夫的面前，抓住他的袖子，觑着他的脸叫道：

"听，科罗列夫！如果你万一……如果你万一……"她向着佐雅点点头。"如果你万一使她……干这事！"她的声音歇斯底里地颤动着，"那小小的手和脚！我发誓我会用我自己的手撕碎你的咽喉的！"

她把他的手丢开，跑回窗前。科罗列夫惊讶地转向佐雅。她静静地把他拉到角落里，低低地说道：

"不要在意……她是讲她自己呢……她这是讲那堕胎的事！她以为你和我……我们会做着别人做着的同样的事情……"

塞尼亚理解许多的事情了。他非常静默地走到维娜的面前，抚着她的手，低声地说：

"听，维娜……我对你发誓你会用不着那样做的。我会在你有机会这样做之前就自己下手的！"

维娜立起身来，她的面庞依然是像春天一样潮湿。她微笑着：

"你们两人多么幸福啊！"

于是，再一度转向窗前，她低低地继续着说：

"我愿意牺牲一切去得着一次像你们一样在街上的散步……去以新的眼光观察一切，去理解孩子们的游戏……太阳温和地照着，春天已经来了……"

一阵敲门的声音打断了她的话头。她走到门边问道"是谁?"，于是立刻把门闩上，大声地说：

"稍微等一等！我在换衣！"

塞尼亚惊讶地望着她。她连忙推开他，低低地说：

"从这耳房里出去吧——里面另外有一个门，通到后面的阶梯的……不要让他看见了你们！我不愿意他知道我听见了什么。走吧！"

他们从耳房里走去，笑得转不过气来，而且在黑暗中互相撞碰着。

维娜随着把门关上，于是，在他们正在离开的当儿，他们听见她说：

"请进！我已经好了！"

像小孩子一样地手携着手，科罗列夫和佐雅边走边笑地跑下阶梯。

第四章

爱使得他们高尚

在那天凡是注意了霍洛合林的人们，一定就已经看到了他的异样吧：他变得消瘦而苍白了，他的行动也没有以前一样自信了，他变得焦虑、恍惚和烦躁了。

就是在他走进维娜的房里所带的那过度的兴奋，也不能掩饰他的这种状态了。

维娜疑惑地微笑着，他们互相寒暄的时候。

"你似乎还没有恢复你的精神的平衡。"她说。

他紧闭着牙关，没有回答这个问话，说道：

"我已经替阿苏金弄妥一切了。"

"那样的吗？那好极了，"她不在乎地说，"还有什么旁的消息吗？"

"没有什么了。"他惊讶地举起他的眉。

"你不是非常盼望看到这件事情办妥吗？"

"为什么我不盼望呢？你自己一定也很盼望的——你为这件事一定很费了力呀！"

"是的，但是……"

"是的，但是有一件事情我不懂得，"她插着嘴说，"你为什么来把这个消息告诉我不去告诉她呢？"

"我这事是为了你的缘故而做的呀，维娜！"

她笑起来。

"维娜！"他走到她的面前，"当你去会我的时候……甚至在那时以前你说……"

他想捉住她的手，把她拖到身边来。她退到窗前去。

"听，"她轻率地说，"听。我去看你是确实的！但是还有别的事情也正一样地确实呀，亲爱的……"

她向旁边望着，沉思而静静地接续着说，好像自言自语似的：

"另外有一件正同样确实的事情就是我今天不需要你，霍洛合林！"

他狼狈了，他的双手垂下了。他茫然不知所措地重复着说：

"你今天不需要我？你是什么意思，你不需要我，维娜？"

她耸耸她的肩。

"这不是很明白的吗，亲爱的？我不需要你——如此而已。我不需要你这男子，而且你这个人也不是很有趣味的，特别是现在。这不是很明白的吗？"

"维娜！"

他捏着拳头踉跄地向她走去，但是又无力地退回了。

"到底什么鬼啊！"她叫道，"你们，男人们，可以来看一个女人，当你们需要她的时候！为什么我不可以告诉你我不需要你呢？"

他带着苦笑说：

"哦，那是很合理的。"

"那么，你还要什么呢？"

他用他的拳头在桌上击着：

"我并不需要一个女人，我需要你！"

带着一种假装的好奇心，维娜低低地说：

"哦，霍洛合林，亲爱的，你该不是在讲恋爱吧?"

他深深地叹了一口气，在圈手椅上坐下了，让他的两手无力地垂在他的膝上，好像它们是全然不必要的、无力的东西一样。

"我不知道！但是你不能那样，维娜！我简直会发疯呀。我到学校里去仅仅是希望看见你……我来看过你两次，但是我从窗里看见了佐雅，所以我没有进来……我天天晚上坐在家里，每当有什么人叩门的时候，我便战栗着——想着这也许是你！"

维娜冷淡地打断他的话。

"那是用不着的。不要担心，我再也不会来看你了。"

"维娜！"

"我知道我的名字叫维娜。"她耸耸她的肩，"而且如果使你这样担心的话，我可以保证，可以发誓：我不会去看你，也不会请你来……"

"我想在我之外还有别的人吧?"

"当然啰。有个泥沼的地方，总是有蛤蟆的……"

霍洛合林跳了起来。

"泥沼，泥沼！对啦——一个泥沼！"

他走到窗前。维娜刚刚在那上面靠过的起了皱的靠枕恰恰摆在他的面前。他把他的头靠在枕上，闭上他的眼睛。

"听，霍洛合林！"她说着，站在他的面前，忧郁地望着窗外，"你是一个漂亮的美貌的青年，你去找一个适当的女人是不会有什么困难的。像安娜一样的女人到处多着……你们不知道爱是什么，而且永远不会知道！我看见过别人的恋爱，因此我知道爱是什么！爱使得他们高尚，只有你那肮脏的情欲才使得你陷入泥沼——你叫它作泥沼这是对的——而你连这是怎么样的一种泥沼也不认识！你说你在工厂里同一个什么工女发生了关系，或者你这个话是专门对我而说的吧?"

霍洛合林沉默着。

"这是不是真的呢?"维娜执拗地重复着说。

霍洛合林绝望地点点头。

"如果她是一个纯洁的女儿,这可太糟了?但是我不相信一个纯洁的女儿会和你发生什么关系,而如果她是属于你们的什么团体的,那么她正是你所需要的,而你是不应当得着更好一点的东西的!关于这种团体有了不少的舆论——我们都知道它们是什么东西……它们是你和安娜这班人的脑子的产儿啊……"

他举起他的手,她急急地继续着说:

"是的,它们是你们那关于男女关系的简单性的说教的结果。对布尔乔亚斗争,安娜这样叫它……"

她突然把话停止了,大笑起来:

"我谈太多了哲学吧?"

好像得到了一个决定,霍洛合林立起身来,伸出他的两手:

"维娜,让我们真正地一道生活吧!和其他的人们一样!让我们结婚吧,如果这是必要的话……"

"亲爱的,你的话说太远了!不仅是安娜,就连佐雅也会笑起来,如果她听见了这个的话!"

"维娜!"

他想捉住她的手,挨近她——但是她轻妙地、顽强地闪避了他。终于他走了开去,摇摇他的头。

"不,这样生活下去不行啊,不行啊!维娜!"他叫得这样地大,使她吃了一惊,"维娜!你觉察到我可以就在这一瞬间走去,而我们永远不再相见吗?"

她的手指劈啪地响着,她带着一种诚意的怜悯望着他:

"亲爱的,随你的便吧。我已经告诉了你:我再也不会需要你了。……"

"我想波洛夫会来代替吧?"他叫了起来。

她被惊骇了,但是依然保持了镇静。

"哦,如果需要波洛夫——就是波洛夫!"她慢慢地说,"这个和你有什么关系? 但是我害怕他。"她突然加说着:"他怎么的?"

"他是一个蜘蛛!"

"什么?"她不理解。

"他是一个蜘蛛!"他愤怒地重复着说,"一个蜘蛛! 一个性的蜘蛛!"

维娜微笑着,摇着她的手:

"你们都是一丘之貉,亲爱的。我知道,我已经看得够多了。你难道不是一个蜘蛛吗?"她粗率地转向着他,"你怎么样?"

"我?"他迟钝地问。

"是的,你! 你自己照照镜子看,亲爱的。"

她愤怒地加说着:

"滚吧,霍洛合林! 望着你真是惹人厌恶啊!"

她转向窗前,好像是真正希望他马上离开一样。

霍洛合林依然站着,倚在桌上,一动也不动。

他感觉到他正在陷没到一个污秽的泥沼中去,而且一切的东西正在消灭: 这世界,这太阳,这春天,这空气——而他知道,只要这个女人会拥抱他,这太阳就会重新辉耀,而全世界就会回复的。

这种奇妙的因缘的感觉使他战栗了。她好像是一个圈套一样套在他的颈上,他差不多感觉到他的呼吸都窒塞了。

就正在这一瞬间,那个从口袋里拉出手枪来把她和他自己双双杀死的思想第一次闪过他的脑海。

"那也许是最好的办法吧。"他大声地说,想去威吓她。但是她什么话也不发问,于是他加说着:"再见。"

"再见,霍洛合林。"

她这么简单而自然地说出这话，使得他几乎不能抑制他的愤怒地摸到他的那里面横着一支像重的石头一样的手枪的口袋了。

她好奇地差不多惊骇地望着他。这个眼眸使他想起了另外一个女子：娃利亚正是这样地望着他，当他谈到关于阶级斗争、关于社会主义、关于未来的世界的事情的时候……在每次的演讲中总有一种隐约的互视——她那充满着惊愕的眼睛在期待着他的爱抚。

他对于自己、对于娃利亚都感到羞愧。他再也不说什么，带着严峻的决心走去，虽则他还是忍不住要把门猝然一关。

维娜鄙视地耸耸她的肩，但是马上大笑起来，走到窗前，倚着靠枕，横躺在窗槛上面，一无所思地让她的视线跟着晚空的云霞。

蔷薇色的、清朗的晚霞预约了一个平静的晴天。

第五章

"斯滕卡雷森"之歌

许多的决心成熟于失眠的夜里，但是有多少人在晴朗的清晨、在空漠的下午或者在一个神秘的黄昏的激光里把它们实现呢？

霍洛合林尽管在狗胡同和工厂之间走动，但很少到大学去。他感到他和世界上的其余的人完全隔绝了——就是关于侵吞学生公款的丑闻也不能使他感兴趣。他不能够恢复他那常常引以自夸的精神的平衡了。相反，那狂诞的忧郁的火花开始在他的两眼的黑瞳孔里闪耀着。

他感觉得他渐渐失掉他的精力了，常常嘱咐着他的女主人不要让什么人进来。他闭在他房里，紧压着他的颞颥，一直压到发痛的时候。

谁也没有来。于是，他厌倦起那忧郁和怠惰来了，他便想工作。停在他的窗前，而且把他载到工厂、载到俱乐部、载到娃利亚那里去的那工厂的汽车，把他弄得肉体上很疲倦但他的心里却带着一种空虚的感情送了回来。他看得见狗胡同里的不绝的白色的灯光。

同时，大学里的一切的事依旧照常地进行着。

整整的一个春天，我们的非职业剧团把那特为工人们而排演的老戏

《工场村落》反复地预演。

在准备四月底，正当这里丁香花开放的时候，正当春天将要变成沉滞的夏天的时候，举行的公演的约莫两礼拜之前，已经贴满了用美丽的复活节的色彩做成的广告，露布了这个演剧。

礼拜六被择定为公演的日期，接着是礼拜日，又接着是两天的五月祭——那是许多年代以来在我们这里带着特别的欢喜和难忘的壮丽庆祝过来的几个节日的连续。

工厂里两班地工作。在礼拜六的晚上——那是在我们的故事中的许多的关系人的可纪念的一天——这五层楼的工厂建筑物的窗口直到夜深的时候还辉耀着电灯的光，远远地看去它们融成了一个像山上的烽火一样的闪光。

科罗列夫远在放啸以前来到了工厂。他漫无目的地走过村落，浸润在街灯的乳白的光里；他通过一座树林走到医院；又走到那绕着学校的小山顶上，于是又回到他出发的地点。他知道了为什么工厂像一个广漠之野的烽火：在这木造的教堂里是一个工厂俱乐部；在它的尖阁上，插着随风飘荡的红旗的细长的尖塔代替了十字架——那奴隶的屈从和强暴的压迫的象征；列宁龛代替了祭坛；缘着四壁都是书架，正中是一张大的桌子，上面摆满了新闻纸和刊物。

围墙的后面有一个大的秋千架。在那上面，在那烽火的反光里，一个微笑的女郎不住地从一个少年的身边向夜的薄暗里摇荡着：

"我不能！我不能！我在戏院里还有事呀！"

塞尼亚止了步，追看着她。突然，佐雅不知从什么地方跑到他的面前来了：

"我们没有约定。我不曾知道我们在那里会面。我想过你一定会到戏院里来的。"她因为在荡秋千和奔跑之后喘喘地呼吸着。于是，她笨拙地伸出手，她加说着："你好吗？"

"你还是在分类间工作吗？"

她点点头，他们开始并肩地走开。

"那是很苦的工作，"他说，"我自己在那里工作过六个月。你觉得怎样？"

他从容地问了这个问题，但是佐雅在回答之前考虑了一会儿。自从她离开家庭以来，她所经历的一切困苦在她的脑中闪过。

带着一种断然的声调，好像概括一切似的，她说：

"我觉得很好，塞尼亚！觉得是两个恰当的字！当然，工作是并不十分轻松的……有两个晚上我简直不能入眠，我是这样疲倦和兴奋……但是我觉得很好！现在我在这里和一个女孩子结了朋友，我觉得更加好过了！"

"她是和霍洛合林恋爱的一个女孩子……"她低声地加说着。

从树林的薄暗里戏院的窗子的灯光辉耀着，乐队的金属的响音传入了他们的耳鼓。

他们缘着一条小径走去，于是又走到了教堂——现在这变成了预演、体操和俱乐部集会的场所的旧教堂。在前面白色的长凳上，演奏着喇叭、号筒、笛子和大鼓的十几个工人正在热心地练习一个英勇的进行曲。

"你知道，"塞尼亚静静地说，当他们走过这恬静的、透明的、无叶的树林的时候，"你知道，我是很渴望你愿意到工厂里去的呀。"

她摇摇她的头。他挽着她的手臂，谨慎地引导她走过这满布着去年的落叶和树上落下的枯枝的小径。

"我爱你，佐雅！"

当他把她的臂挽得更紧的时候，她战栗了。

"那就是我为什么这样地关心这事的缘故！我爱你，而且要整整的一生爱你！以前，我常常想，我是永远不会和一个属于另一阶级的女儿恋爱的。我不欢喜她们，我不能理解她们。而你是她们中间的一个，虽然你已经变成我们中间的一个了……"

他严肃地继续着说：

"我们中间许多人有一种恶劣的趣味。他们老是追逐着那些不属于他们的阶级的女儿。那是一种非常恶劣的趣味。这和从前一个伯爵同一个女仆结婚的事一样恶劣。全社会都为这种丑事激怒了：到底是怎么一回事呢？他忘了一切的传统，这是可恶的。无疑地，他自己也会觉得可耻的！这就是他们对于一切事物的看法……所以我们也应当有这同样的见地呀！但是你是我们中间的一个——你是一个工女！"

她倚在他的手臂上，胆怯地向四围望着。

"我们离开这里吧——这里是黑暗的，而且在每一株后面都有一对男女！"

缘着小径，他们走到了戏院的入口。一群年轻的男孩团团围在那里；在写票处已经形成了一个长的行列；在那在凛冽的隆冬之后还来不及充分暖和起来的戏院里面，那些早来的观众已经把他们的座位占据了。

塞尼亚有两个侧面的座位。正在佐雅的头上悬着一个用冒充艺术的字体写成的大的白色的告示：

"十六岁以下之孩童不许与闻一切讲演和普通集会。适合孩童之演剧自当特别通告。"

佐雅微笑着。天花板上的灯光燃上了，光线照遍了全戏院。塞尼亚举着告示，佐雅在他的耳边低低地说：

"十六岁以下之孩童！前天，一个女孩子——她顶多不过是十四五岁的光景——走到工厂医院，叫了一个产婆。'我请你替我施行一个堕胎手术，'她说，'但是，请快一点，这样我就不致上课迟到！'她们正是应当以来听讲而代替看电影的人呀！"

他们的旁边坐着一个样子很庄重的人。佐雅停止了谈话。塞尼亚转向他的邻人，问道：

"你住在这里吗?"

"是的。"

"在工厂里工作吗?"

"是的。"

"不久以前我也在这里工作过!"塞尼亚笑道,"但是比起那时来一切都变了!我刚到各处走了一遍,看了许多的东西不禁为之惊叹,戏院、俱乐部、食堂、合作社,就连墙上嵌着镜的理发店也有……学校、医院。惊人的公共宿舍!在城内我们无论用什么样的钱也租不到那样的房间!你当然是很好地过活的吧!"

"我们推翻了旧的统治,我们当然可以过好点的生活啦。"工人快快地回答着,于是转向他处。

有人打开了侧面的门。一阵潮湿的春风吹了进来。佐雅悄悄地从门外走到那小小的铁的阳台,于是站住了,斜倚在栏杆上面。她望到在村落的灯光之外的那绮丽的夜的黑暗里去。就是从这里,她也可以看见那遥远的伏尔加的河岸。

佐雅凝视远处,倾听在和那个抑郁的邻人兴奋地争论着的科罗列夫的声音。

"喝酒,第一,使得斗士们无力!"他说着,"它使得意志薄弱。一个酒徒不能对他自己负责!为什么人们要喝酒呢?因为那时候生活是很单调的。同志,我们都是当过奴隶的……没有一线光明而人人又都需要欢乐……当你喝了一杯酒的时候,一切都觉得比原来好一点……现在这可不同了,同志……"

戏院里渐渐变得快活而嘈杂了。塞尼亚的声音渐渐地听不清楚了,佐雅已经听不出什么话来了。突然,她听到树林里的一个娇嫩的声音,伴着一个六弦琴,在唱着那叫作"斯滕卡雷森"的名歌。

她谛听着,望着伏尔加的波涛把波斯的公主吞没了,为了义务的缘故,为了伟大的斗争的缘故,放弃一切世界上的欢乐似乎是这样地简单、这样地容易。

第六章

羞耻打倒团的团员

安娜走上通到那小小的阳台上去的轧轧作响的扶梯，后面跟着一个把双袖卷到了肘节以上的高大强壮的男子。佐雅注意了在以下的谈话中他把安娜从头到脚地仔细打量着——显然他是刚刚认识她的。

"你还有座位吗？"安娜问。

佐雅点头。

"我没有预先买票，"安娜说，倚着栏杆向下俯视着，"我可以同你一道进去吗？这个家伙也还没有买票！"她指着那个男子，他大笑着。

"这不值一看！你是从城里来的吗？"

"是的。"

"你是特地来看戏的吗？"

"在这儿还再有什么好看呢？"

他全然没有理会佐雅。他挨着安娜站着，望着她，同她谈着。

"你是共产党员吗？"

"你呢？"

"一样的!"

"你为什么要看戏呢?"他说,"你看过《工场村落》没有?我们还是散步去吧!"

"戏演完了的时候有尽多的时间可以去散步呀!"安娜这样回答。

佐雅觉得那人似乎战栗了;但是他大笑着,拥抱着安娜。

"你干什么?"安娜说,并没有想使自己摆脱,"你似乎急起来了吧。"

"这里有点儿冷呢。"他嬉笑地说着。

"安娜,"佐雅低低地说,"四围有人呀!"

安娜笑着,忽然高兴地俯视着一个在下面走动着的人影,说:

"在下面那里的是谁呢?你可以看见吗?"

"不。"

"我想这一定是那个工女。我看见她同霍洛合林……她一定是在等他。"

"你为什么这样感兴趣呢?"

"我不——只是说说罢了。你最好上你的座位去吧!"她说着,回过头来,从头到脚把那男子打量了一番,"好吧,既然我们拿不到票子,我们还是散步去吧。在这里站一晚是无益的啊。"

"我们就到那树林里去吧!"男子兴奋地恳求着,"现在我们的朋友们通通在那里……我十分相信上戏院去不过是一种布尔乔亚泛的习惯罢了!"

"在树林里的朋友们是些什么人呢?"

"都是同志们呀!"

"啊!"安娜说,"你也许是属于某个团体的吧?"

他好像不知道怎么样回答才好。她更接近一点地俯向着他:

"你是从'打倒羞耻'俱乐部来的吗?"

"走吧!你自会明白的!"

入口的门关起来了。佐雅急剧地向安娜点一点头进去了。安娜又一度把那人打量了一番，于是在他的前面走着说：

"这一切都死去吧！还是去好吧！不能一味在这里徘徊啊！"

那男子跟着，他的脚踵在楼梯阶级上轰轰地踏着。佐雅跑出门来叫道：

"快进来，安娜！座位多着呀！"

"我不要了！"安娜回答，于是消逝在树林的阴影之中了。

佐雅转来静静地坐下。她的嘴唇因嫌恶而战栗着。科罗列夫望着她问道：

"你怎么的？"

佐雅简单地把刚才目击的事告诉他，他只摇着手：

"糟啊！洪水泛滥的时候一切零碎的废物都涌到水面上来了，但是这是不久又要沉没的呀！"

霍洛合林从帷幕中出现了，走到了脚灯边上，观众静了下来。他把头发从额上抹到后面去，把他的手插在口袋里，然后又抽了出来。于是对于观众稍微觉得驯熟了一点，他开始说话。

对于一个戏剧的介绍是很少被人倾听的，而特别是在那个晚上，霍洛合林好像故意似的，每说一句话都要咳嗽一下，踌躇一下。

"党正在把他从管理部撤回，"科罗列夫低声地说，"为什么他变得那么萎靡不振呢!?"

霍洛合林是在那样的心情状态中，正如一个人，他虽然不能自制，却有自知之明。他知道他演了一篇贫弱的演说，他极力尽快地把它完毕。

幽暗的戏场中激荡着一种轻微的喝彩的声音，于是又沉静下来。霍洛合林从侧门中消失了。

幕启了。佐雅把她的手放在塞尼亚的手上，用一种刚刚可以听见的低声问：

"几幕?"

"四幕吧,我想。"

"那不够啊。一个戏完了的时候,我总是遗憾的。我只希望坐在这里听着,继续地听着……"

在休息的时间,那在一切非职业的演剧中都是很长地继续着的。科罗列夫和佐雅一道走到外面去换一换新的空气;在入口的周围和那铺着花生壳和向日葵壳做成的地毯的阳台上,站着一群半隐在烟的云雾里的嬉笑的和兴奋的工人。

科罗列夫同佐雅从群众中拥挤出去。无聊的戏谈、放纵的言语、笑声和骂声一阵阵传入他们的耳鼓。

塞尼亚愤愤地燃着一根香烟,没有吸完,就把它丢了。

"我们回到我们的座位去吧。"

他们静静地坐过其余的休息时间。

第七章

工女的干的嘴唇

　　一经把他那义务的演说完结之后，霍洛合林便立刻离了这戏院。维娜在这个剧中饰了一个角色，但在那时候他们没有会面，而且他连在舞台上面的她也不要看了。

　　走出舞台的门，他站住了。被开着的门的光所吸住，娃利亚立刻出现了。霍洛合林刚刚跑出门廊便和娃利亚碰着了。这女郎的身上发散着一种芳香的香皂和刚刚洗了的脸、颈和手的魅惑的气息。霍洛合林伸出他的双手迎了她，气喘地说：

　　"娃利亚？你在等着吗？"

　　"不！不！"她急急地否认，"不！你已经演说完了吗？"

　　"是……"

　　"我没有听到你的演说真是遗憾得很，我来迟了——要在第二班去做工……"

　　"你没有损失什么。这是不值一听的……"

　　"我很欢喜你的演说，"她诚恳地说，回转身来和他并肩走着，"你很聪明。我愿意我有一个这样好的头脑……"

她比霍洛合林短小得多，因此每当她窥看他的面孔的时候她一定要立起她的脚尖来，她每每停了步来这样做。

霍洛合林抓着她的肩和她接吻。她不晓得怎样应付——他感到了那干涩的柔软的唇，于是差不多很愤怒地把她推开。

她瑟缩着，比平常更加小了。他粗暴地说：

"你连吻都不晓得怎么样接！"

"那是必要的吗？"她问。

"是的，那是必要的！"他粗率地说，"那是必要的！你和我都是聪明的人，我们不应当对现实闭着眼睛。我们接近女人并不是仅仅为着谈话……我们可以同旁的男人谈话啦。从城里走到这儿来仅仅为着谈话是没意思的……那才见鬼啊——我们晓得读书！拿一本书来，在一点钟内你可以学习到比像我整夜所学习的东西还要多呢！"

她倚在他的手臂里，低着她的头，没有回答，也许他是对的吧。

还是一个小小的顽皮的好奇的小女孩的时候，晚上睡在一个狭小拥挤的房里，她从她的被单下面窥看着她的父亲和母亲。她简直不懂得那是怎么一回事，那事使她苦恼了：为什么母亲要让父亲对她干那样的事呢？她吓到了。而且就在最近，从村落里，后来又从公共宿舍的走廊里跑着，从那些钉着红色铁门牌的黄色门扉经过着，她不禁想着那同样的事情正在这儿干着，老是那简单的可怕的同样的事情。也许就在这一瞬间，就在这个门扉里，就在这个窗子里。

"聪明的人得聪明地行动，"知道说话的方法，学习了这么多的事情，知道这么多的事情的这男子正在反复地说着，他所说的正是她所不能够了解的，"像鸵鸟一样一味把你的头埋在沙里是没有用处的呀！你为什么不试想想或谈谈这事呢？"

"我不知道呀。"

她不谈及这事，但是要不想——不想这事现在是不可能了，因为这个男子，这全世界上的最重要的人，这最美好的、最聪明的人，要求这事，一点也没有注意到委身于他这事对于她是怎样的难堪。

他在那月光照耀着的路上和她并肩走着，尽管谈着话，每当他们遇到了什么人的时候，他便把声音低了下来。

"你怕什么？怕你的朋友们吗？怕以后的结果吗？告诉我！难道我每次看见你的时候，我都要劝导你一次吗？"

她把她的手拉开，把身子挺直。

"我什么也不怕。"

好像是要使他确信似的，俨若一个把她爱好的玩具送给她那假装在哭的庄严的父亲的小孩一样，她把她的手攀在他的肩上，叹着气说道：

"那么，好吧！好吧！无论什么事情，你想要做就做吧。"

他依然严肃地但是稍稍温和地执着她的手。正在那个时候，路旁的什么地方，有什么人在笑着，一个粗暴的声音说：

"娃利亚！同着学生们走呀！你且等着……"

霍洛合林吃了一惊，转向路的一旁——什么人的影子消逝在长长的堆栈后面了。娃利亚垂着头。

"那是谁？"他问道。

"我不知道。"她满眶含泪，"在这近边有一个男子……他同我一道工作……"

"我要打破他的头！"

他保护地执着她的手——她无生气地跟随着。最重要的事情已经说过了——谈话中断了。他好像她的主人一样伴着她走，他领导她，而她要跟随着，要带着不作声的嫌恶等待着，等到一切的事情完了之后。而他就会坐在她的旁边，燃着一根香烟，伸着肢体，被餍足着而且充满着男性的自满。

"我真不懂得为什么一个人定要这么常常地干着这事！"她说着，勉强把这句话说出口来，"我以为这是只当一个人需要一个小孩的时候才去干的……"

"这是真的，这对于女人是没有那么必要的……"他回答，"但是这可不是为着小孩的缘故而干的……"

"但是我老是这样想，而且依然是这样想！"她坚定地说，当什么人走过的时候她瑟缩着，"而且我要常常这样想！我老是想要那样子做——我绝不是想结婚，但是我想得个小孩子。我曾经几乎走到那最美貌的、最聪明的、最温柔的男子的面前请他干这事，请求他仅仅爱我一分钟……我想我真傻极了。但是就是现在……"

"就是现在什么？"他问。

"我要为了得个孩子去忍受这事。我应当再等待一下，因为我是这样年轻，而我的薪水又是这样少，而且这对于我会很痛苦的……我知道这会怎样痛苦，"她叹着气，"但是我要忍受这个！我所唯一希望的就是得个孩子！"

霍洛合林粗戾地止住她。

"如果你怀了妊的话，我们可以打胎。不要说些这样的傻话吧！为什么要谈到孩子呢？"

她微笑了，把她的嘴唇紧闭着，感觉着她是很狡猾而固执的，没有回答一句话。

她已经立定了主意，而且关于这事她觉得再说也无益了。最好还是谈谈旁的事情，不要把时间浪费了，但是她知道她应当静默，应当不问什么问题，只应当顺从地、静静地微笑着而且等待着一直等到这一切的事情完了之后，而这位重要的人便会叹着气，燃着一根纸烟，于是乎他便会答复她所要询问他的一切问题。今天她打算去问他的问题是："为什么他们在伏尔加河上竖立了那些辉耀着绿色和白色的灯光的铁的尖圆的东西呢？那是做什么的，他们叫它们作什么，是谁把那些灯光装上去的？"

她从她的眼泪里微笑着，挽着他的手臂，走进树林里。

在这些夏季的礼拜六的晚上，遮蔽了在桥的那边的小小的山坡的这树林赋有一种奇怪而特殊的生命。在外面是恬静的，仅仅盖着一层新鲜的青草，发着一种腐朽的落叶的气味，在里面则充满着喁喁的人语、笑声和戏谑。

月光在交错的树枝间织成一个蜘蛛的网。在低低的树下，在小树丛里，人们可以看见双双拥抱的男女。

娃利亚没有仰望。霍洛合林急急地向前走着，折着树枝，拂开脚边的矮树。月光的网和四围的男女，正在把他驱到一个可怕的越不过的泥沼里去。

他变得愤怒而绝望。

娃利亚跟着。他愈见紧紧地握着她的手，怕放走了她——在她身上，他有了一个最后的凭借。她可以——他还是这么相信着——恢复他的精神的平衡、他的清醒、他的平和、他的往日的欢乐。

他们走到了小山的顶上。那里是静静的——四围没有什么人。霍洛合林没有放松她的手，在新鲜的青草上面坐下，叫她坐在他的旁边。

她把他推开。他想去扑着她，最初是爱抚而微笑地，后来竟粗暴而愤怒地。最后他立起身来：

"如果你不停止这无意思的举动的话，我就去了！"

她不看着他，但是咬着她的牙齿，把手放在背后，紧握着她自己的冰冷的手，在青草上面躺了下来。

"我不是想来强奸你！"他恶声地叫着，坐在她的旁边，"鬼晓得人们会想些什么，如果他们看见了我们的话。"

她没有回答。

为了要忍受这个痛苦，她把她的眼睛和嘴唇闭着，极力去想些旁的什么事情。

……她想象着她已经长大了，是一个完全成熟的妇人了。她已经被选举为一个代表，人人都认识她而且欢喜她。使人们大为惊奇的就是她被任命去管理一个支部，而且和其他人一样好好地做着她的工作。于是在她的小小的房里，她招入了，仅仅一次，一个正如她在少女时代所梦想着的那样的最聪明的、最美貌的、最温柔的男人……

……小孩子生下来了，房子里充满着他的哭声。现在他走路了。小巧的，奇妙的，正如一个真正的大人一样。他要去攫取一切的东西，他询问着关于一切事物的问题，他的眼睛很大而且充满着好奇心，正如当她还是一个小女孩的时候，当她常常问着"假如地球是圆的，而且我们在晚上是颠倒着的，那么为什么我们不掉下去呢"的时候的她自己的眼睛一样。

……他在坐着读他的书，他研究着，他长大着，他已经比他的母亲知道得多些了。他知道在月球上面只有动物，而火星上面的某种生物已经送了我们一个通知，地球上已经遣了一个满载着科学家的非凡的飞行机上去……

这一切难道不值得一瞬间的痛苦吗？

霍洛合林在擦燃一根火柴。她打开了她的眼睛，遗憾地离开了她的梦想的境界。

"最亲爱的!"

他急急地俯身向她，吻着她那冰冷的、闭紧着的唇。

第八章

无代价的恋爱的充满

在捕蝇纸中最可怕的事情是，除了在松脂油中融化之后涂在纸上的那树脂以外什么东西都没有，在其中什么甜的东西也没有。但是当脚已经牢牢地被这致命的诡诈的器具擒住了的时候，透明的翅膀依然向着光明的方面扑扑地飞也是没有用的。

从小山的顶上，透过树林，人们可以看见那戏院门口的电灯静静地在风中摇荡。霍洛合林用空虚的眼睛看着它们，想道："这样生活下去是不行的啊。"于是，倾听着娃利亚在说着的话。

她的头搁在他的膝上。她向上面仰视着，说道：

"在那边，像地球上一样，也有人类，真正有这样的事吗？我读过关于火星上面的人的论文——他们能够像我们一样吗？告诉我，那是真的吗？"

"或许是的。"

"有人告诉我，美国有一个最阔的科学家在一座山峰上集着许多的燃料。他举着一团猛烈的大火。在那个时候，火星正挨近着地球。第二年天文家看见在火星上面有这同样的火光……"娃利亚战栗着，"他们真的是回答吗？"

"我没有听到那个，不过像那样的事情也许有的。"

"就是你都不知道一切的事情啊，"她叹息着，"我希望我知道一切的事情，凡是有知道的可能的一切的事情。读书对于我是一点也不困难的。我懂得一切。我有好的记忆力。有时我把你的演说背诵给我自己听，差不多逐字逐句地！哪一天我可以背诵一篇给你听，如果你要我……"

"好的。"

"后天有一个旅行。我们要到城里去，我一有工夫，我就会跑来看你……"

他急急地回答：

"不要来看我。我要读书。我有工作要移交。我已经落后了……"

"为什么！读书一定是很愉快的呀……"

"我失掉了精神的平衡……"

她回转头来，使得自己可以看到他的眼睛，于是说道：

"是的……但是现在你不是已经把它恢复了吗？现在你可以读书了吧？我知道你为什么需要这事的。我有时候也还聪明呢。可不是吗？以前我真正不理解旁人怎么可以做这种事的，而在现在，我自己，让你……"

她闭着她的眼睛。现在牺牲已经完成，她可以享乐她自己的英雄举动了。

霍洛合林俯身向着她，绝望地想道："为什么我又同她发生关系呢？"但是，静静地说：

"我们去吧，娃利亚！戏大约演完了。时间已经不早了……"

她一声不响地立起身来。他走得很快，她渐渐地落后了。他想尽快地走出这座树林。他走过桥，取着一条捷径走去。

附近的什么地方有笑声和喧闹的声音。他向其他的方向望着，但是一个很熟的声音引起了他的注意。在一个毫无遮盖的地方，安娜正在什么人的手臂里挣扎着，愤怒地叫嚣着：

"我说，够了！"

在月光之下，他可以看出她的面孔：那是圆圆的、饱满的而且餍足的。霍洛合林迅速地转开去，把娃利亚拖在他的后面。安娜不会注意他们，她依然在挣扎着而且叫喊着：

"够了！滚吧！"

娃利亚颠蹶而跌倒了，于是呻吟地开始摩着她疼痛的膝头。

霍洛合林倚在一株树上，等着她。在那里，在那月光的、黑暗的和在脚下碎裂似的响着的枯枝的网里，那挣扎依然在接续着。

现在他听不见安娜了。他几乎不能想象这一切是真的实行了。

娃利亚轻轻地触到他的手。

"我们去吧，一切都完了！"

"什么？什么事完了？"他惊奇地问。

"我的膝头。一点什么也没有了！你为什么跑得这样快呢？这里没有一个人，除了几个年轻的工人……"

他回转来。一种不可抵抗的力正在把他引向树林去，但是他刚一举步，一个纸烟的火光闪烁着，接着又发出一阵笑声。

忧郁地，娃利亚极力把他拖回。

"你到什么地方去？我们走这条路吧！"

"但是，那里在做什么？"他迟钝地抗议着，同时服从地跟随着她。

"老是那同样的事，"她静静地叹了一口气回答道，"我们离开这里吧……"

在这树林里，更多的笑声可以听见。不要听这些粗野的戏谑，娃利亚把指头塞在她的耳朵里，急急地跑到前方去。她好像是在把这可怕的蜘蛛网突破，霍洛合林跟在她的后面跑到大路上来了，叹一口气，安下心来。

一个黑黢黢的人影的流正在从戏院里向各方面流动。奏着进行曲的乐队的金属的声音正在从旧教堂的窗里传出。更前一点，在新教堂的门边，可以听见许多声音，而且可以看见围着秋千的许多人影。

他们一走近前来，一个声音叫道：

"我们在这里，霍洛合林！"

打秋千打得比高高的墙还要高的苏里奇在叫着他们。霍洛合林带着娃利亚不知道怎么做才好，漫无目的地走过这门。娃利亚好像影子一样跟随着他，但是他们一走进门来，坐在一个长凳上面的佐雅便向她叫着。娃利亚感谢地微笑着，挨着佐雅坐下。

霍洛合林回转身来找她。但是他一走到长凳的面前，坐在科罗列夫的旁边的一个隐蔽在黑色的围巾里的女性伸出一只手来拉着他的衣角。

他震栗着，立刻认识了那手。

"霍洛合林！到这里来吧！"

他没有拒绝，又一度在他的脑海里闪耀着一种漠然的希望。他在维娜的面前站住了：

"你要做什么？"

"我非常疲倦了！"她真正感到疲倦了，几乎病倒了，在戏演完之后，"喂，你可以送我上电车去吗？我想趁着还有电车的时候回到家里去。但是一个人走，我真有点儿害怕。所有的学生们都决定留在这里……"

"为什么？"

"你是什么意思——为什么？"

"为什么你要送你上电车？"

她耸耸她的肩。

"你要送我上车？"

"那么以后？"

"以后？这才好笑啊！你可以或者是转来或者是同我一道乘车……"

他的呼吸塞住了。他觉得他的脚被什么黏性的东西胶住了，而他不能够把它们拔出来。

"同你乘车到那里去？"他嗄声地问道。

她立起身来。

"你今天的确有点糊涂！你来不来？"

他拭拭他的额，萎靡地说：

"好，我们走吧！我也要走！我要到城里去！"

"谢谢上帝，你终于决定了！"

他们和其余的人们告了别。维娜吻一吻佐雅，又和娃利亚握了一握手。

"你是在工厂里做工吗？"

"是的。"

"你很可爱！你是同佐雅一道工作吗？"

"不是，不过我们同住在公共宿舍里。"

霍洛合林默默地同每个人握了手。他什么人也不愿意见了。执着他的手，科罗列夫带着一种亲切的声调说：

"不知怎的，你今天说话没有平常说得那么好，老朋友！"

霍洛合林没有回答。娃利亚盯眼望他的背。在门前，他追上了维娜，和她并肩走着。

"演戏是可怕的疲倦啊……"她说着，"要在四围的嘈杂的声音之中去演戏……我全身都碎了。你扶着我好吧！"

他一句话也不说地照她所说的做了。他们静默地走上了通到城里去的路。电车的灯光可以远远地望见。

"我们无论如何搭不到这个车。"她说着，把脚步慢了下来，"今晚的戏好不好？"

"我没有看。"

"你到哪里去了?"

他沉默了一会儿,于是,带着一种迟钝的声调说:

"波洛夫有一次告诉我——我在咖啡店里遇到他——他说赤裸裸的性行为不过是一种再发而已。这实际上纯粹是兽性的!"

"你在说些什么?"

"在说在这周围发生着的那同样的事情……"

"什么地方?"

"在那里,在树林里,在我们中间,在大学里,在我的房间里,在你的房间里……"

"你在说些什么?"

他没有立刻回答她,但是当他回答的时候,每个字都说得明确而清晰。

"最初有一种自然的要求——那是对的。但是渐渐地它成为一种本身就是目的,一种消遣,一种娱乐。那就讨厌了!"

"为什么?"维娜嘲弄地问,"安娜说这是合理的:看一次电影要花四角钱,这是一个钱也不要的。……"

"这并不是一个钱也不要的呀!"他变得兴奋,而且非常认真了,"这个可以而且的确要花高价的……这是一条滑溜的道路——它可以使一个人失足……"

"你才发现这个吗?"

他望着她,注意着他自己。

"我还没有发现什么——我要继续努力去发现呀!"

"你最好把大学里的有些工作移交,"她轻蔑地说,"那样比较好一点!"

他想对于他的精神的恍惚找一个解释:

"现在这是最大而且最重要的问题。"

"假如什么人发明了一个蒸汽机关,使它开始动着,于是坐在旁边,固执着说这是世界上最重要的东西，那果真算得是一个重要的发现吗？我想一个重要的发现总是有什么结果的。"

霍洛合林第一次注意到维娜是聪明而机智的，他好像是初次会见她一样地看着她。她笑着。

"霍洛合林！我常常想你是很聪明的！但是你恐怕除了'共产主义ABC'以外连什么东西也没有读过吧！"

他温柔地挽着她的手臂。

"听，维娜！我告诉你……"

他带着一种决计把一切事说出的人的执拗继续着说：

"我刚刚同了一个女孩子……"

"哪一个?!"

"当你正在离开的时候，你同她谈话的那个……"

维娜惊愕地望着他，带着一种神经的震栗耸耸她的肩。

"霍洛合林，她简直还是一个小儿呀！"

"我不知道。十八岁，也许十七岁……那是无关宏旨的！"

"霍洛合林，你比我想象中的你更坏呀！"

被他自己的思想萦绕着，他差不多没有听见她说的话。

"这才糟啊！因为我需要的就是你。"

维娜笑着。

"就是现在?"

他对于她的笑声一点也没有注意。

"这不仅仅是一种肉体的要求！这果真是爱吗！"他加说着。

"这是一种性的精神病，你须得请医生看看！"她尖厉地打断他的话头，"你真是畜生啊，霍洛合林！我恨我不是苏里奇：我要为着那个女孩子把你打死！"

她把她的手抽开，在前面走着。电车的终点就在跟前。小小的待车亭正空着——一辆车子刚刚开去。维娜在一个角落里坐下，深深地掩在

128

围巾里，含默着。

霍洛合林狂暴地燃着一根纸烟。

他从这个角走到那个角，捏住他的拳头，咬着他的牙齿。这车站上渐渐地充满了人。霍洛合林嚼着他的烟草，走向轨道去。

一辆闪耀着灯光的电车从城市方面来了。在电车的远远的前方，灯的光芒在轨道上闪映着。望着它们，霍洛合林想着他能够做到的最好的事情便是走出去，在黑暗之中碰着电车，把他的头横搁在轨道上面，于是在苦痛、嫌恶和死亡之中，把他自己从这个世界里唾弃。

第九章

简直不能读书啊

在一篇题名《不能含默!》的论文里——它是在我们快要谈到的那悲剧的事件的第二天，在新闻报上登载的——在那篇严重的论文里，波洛夫的名字连提也没有提及。

真的，能够把关于他的一切的事情都记忆得起来的人是很少很少的。我们都知道波洛夫已经预备即日动身的。我们都以为他已经从我们的视界中消逝了。就是他，他自己也同样觉得，这里对于他已经是一切都完结了，这是毫无疑义的。

但是，当他的行李已经收拾了，票子买了，四壁都检清了，房间里的地板弄得很恶浊了的时候，一种绝望的忧愁的感情支配了波洛夫。

从极早起，他全然沉湎于啤酒之中，但是这个并没有使得他安静，这个甚至对于他好像全无醉意。终于，在他离别的前夜，他毅然地从窗前的桌旁立起身来，把他的酒资付给在柜台之后的店主，殷勤地听了他的途中无恙的祝福，拿起他的帽子，走出门去。

走过这绕着大学的建筑的荒凉的校园，他慢慢地走向莫斯科街——

我们城市中的大街去。显然他是到这城市的周围做个最后的散步。但是，后来许多认识他的人们记忆着他是不曾注意什么人，不曾回答旁的人们的问候地走着的。

他连他是在经过着莫斯科街中最热闹的地域这事也不曾留意。这是在一个温和的五月的黄昏的八点钟以后。在春天里，在黄昏的时候，我们的大街上密集着双双的男女。最热闹的地域的步道好像自动地在移动着：有一个漫无目的地手挽着手走来走去的青年男女的不断的流。

他们的头上总是飘着纸烟的云雾。在这街上的喧闹的声音中，在这一般的谈笑的声音中，听话和说话都是不可能的。花生壳、纸烟头和火柴在这步道的每处散播着。

心中有事的人们常常在街道的中央走着，或者绕一条迂回的小路走着。但是年轻的男女们似乎与其到附近的美丽的方场去，或者到植着多荫的白杨的街道上去，或者到我们城市中很多的公园里去，却宁愿到这条街上来。

从这人群中走过而没有注意它，那你一定是有什么非常的、特殊的事情在你的心里——是培斯泰洛齐的放心性或是阿基米特斯的集中性。

但是波洛夫没有注意它。他静静地走过方场，经过许多的横街，从一条横街走到一个胡同里去；他看着这些房子，走进一个开着的大门。通过天井，他走上那险峻而污秽的阶梯，按着电铃；于是他走过厨房，谢了一谢那开门的老太婆，在维娜的门前站住。

他好像到那时候才觉悟他自己是在什么地方。他踌躇地在那里站了一会儿，于是叩着门，走了进去。

维娜带着愤怒和惊讶凝视着他。于是，没有寒暄地，她望了他那戴齐耳根的滑稽的天鹅绒帽子发笑。她把她手里的书抛在床上，说：

"简直不能够读书啊！"

波洛夫没有取去帽子，也没有脱下外套。他在门边立了一会儿，于是走到圈手椅前，静默地坐下，说：

"我是来看你的，维娜。我望你原谅我……"

她耸耸她的肩。

"你以为我瞎了眼吗？我知道你是来看我的！但是这才可怕啊！"她说，举起她的两手，"我刚刚摆脱格雷兹！我从窗里看见了卡米雪夫，但没有让他进来！第一你知道，霍洛合林会到这里来……而且每晚是这样的，简直不能读书啊！"

波洛夫的嘴唇紧闭着。

"你要什么？"她问。

"我明天动身，维娜。"

带着她的脸上的那严肃的表情，她点点头。

"这我听见了。到雅尔塔去？"

"是的，到南方去！"

她沉思了一会儿，于是走向着他。

"我很抱歉。但是，再也没有别的法子想了呀。"她走到他的身边，温柔地抚着他的颊，"你老了这许多了。你自己好好地调养吧。你还是喝酒吗？"

"喝的。"

"那要不得呀。"

他情不自禁，突然地握着她的手，但是，感到她在畏缩，立即放了她。

"我永远不回来了。"

"那样于你最好，我自己也厌倦起这个地方来了。"

"维娜！"

一种神经的战栗通过了他那重的身躯。

"维娜，去，同我一道去！让我们像人类一样地生活吧！让我们相爱，像其他的人们一样！"

她大笑起来，走到窗前，又回转来——这时候她的面上是带着一种非常严肃的表情。

"为什么我要去？"她问，"为什么你们都纠缠着我——一个去了一个又来？我有一间房子，一份奖学金。我要读书，要演戏。我有一个窗子，有天空，有星星……"

波洛夫抓着椅子的靠手。

"维娜！我这是最后一次和你谈话！我愿意认真而且真实！不要开玩笑吧！"

"我并不是在开玩笑呀！"

"维娜！"

波洛夫突然粗鲁地带着果决的行动和真实的情绪，从圈手椅上匍匐下来，抱着她的两足。

"维娜！维娜！"他叫着，把他的脸贴在她的膝上，"维娜！告诉我你要我留在这里吧！告诉我你时时需要我吧！维娜！"

他找不出他所要说的话。他更加紧紧地抱着她，知道她正在静默而温顺地站着。

要是他能够举头望了一望的话，他一定看见了她的嘴唇上的那奇妙的微笑和她的眼睛里的那满足的冷的光芒的。

她带着一种怜悯和轻蔑的神色俯视着他，那是继着对于他的深情的她跟最初的惊愕之感而起的一种感情。

"维娜……维娜……维娜……"他嗫嚅着。

她粗暴地摆脱了他，他孤零零地留在地板的中央。当她并不想掩饰她那传播到了全身的轻蔑，战栗地走了开去的时候，他才立起身来。

波洛夫的眼睛和面孔变黑了。

"喂，你的回答怎样？"他叫道。

"不行！"她简单地回答了。

他向她走上一步：

"你以为我不知道，不看见所经过的一切事情吗？你以为我会一切都饶恕你，和你告别吗？我，一个聪明的人，一个在他二十三岁的时候已经在生物学上展开了新的一章的有着光明的前途的科学家……现在，我化为乌有了，在这里，在你的脚下……"

他把双手掩着他的脸，但是一会儿以后，差不多完全冷静了，他说：

"你再也不需要我了吗？"

"不！"

她静默了一会儿，好像是在考虑似的，于是再说了一声"不！"，坐了下来。

"我再也不需要你了！我曾经一度想爱你，而且也许我甚至已经爱了你！真正地爱了你！那好像我是从一个黑暗的地窖里走到了一条充满着阳光的街上一样——人生似乎是那样的美丽……"

"那就是爱。"波洛夫低低地说。

"是的，那就是爱！而你是怎么样的呢？你在格鲁新斯基的事务室里会了我。我病了。我因为虚弱而战栗着，我好容易才能够站起身来……你把我送到门口，要求允许你来看我……你吻了我的手——于是我在窗旁整整地坐了一晚，望着那天空、那星星，想念着你！而你怎样呢？你就在第二天带了一瓶酒走来。我病得这样厉害，连你在我的手上的接吻都把我催眠了，以致我整整一晚都不能够睡着——而你竟灌醉了我，把我……哦，你现在还要什么？"她叫着，"你已经满足了你的欲望，现在你可以去了！我不需要你！我什么人都不需要！"

"你爱我吗，维娜？"

"胡说！我刚刚以为我曾经！"

"维娜，但是我没有你不能生活呀……"

"那不关我的事！"

他痛苦地呼吸着，找不出适当的话来。

"你要我做什么？"

"那是你的事，和我没有什么相干的！"

波洛夫静默了一会儿。

"老是这同样的事，三番四复地……"他从她那边转开，"我们最好把这全部的喜剧结束吧！"

"愈快，愈好！"

"怎样？"

他碰到了她的视线，他把他的视线垂下了。

"非常简单……"她冷淡地回答，"走开去，让我过着我自己的生活……"

"我怎样办……你说你再也不需要我了？"

"不！不！不！不！"

他把他的手放在椅子的靠手上，像要起身的样子。

"那么，当你需要一个男人的时候，你会走出去随便叫一个什么人进来吗？"

"一定这样！"

波洛夫立起身来。

"维娜，"他说，把每个字音发得非常明晰，"维娜！我决不那样地去！我不能就这样地离开啊！"

他又坐了下来，好像他立起身来仅仅是为了要使他的话更加动听似的。

"好，你尽管留在这里吧！这是同样和我没有关系的事！"

波洛夫以疯狂的眼睛望着她，极力想使她理解她在他的话中也许没有听得出的那些意思。维娜没有注意他的眼睛——什么人走到了门外叩门。

她紧压着她的颞颥，望着她的客，于是望着无力地躺在床上的那书本，低低地说：

"简直不能读书啊！"

"那是谁?"

"我想,是霍洛合林!"

他急急地起身把门闩上。

"敢让他进来!"

维娜威吓地望着他。他踉跄地向她走来,于是绝望地摇着他的手:

"好!这也没有什么关系!再会!我从这里出去!"

他走进耳房,把衣服拂到一边,打开了那背后的门,维娜愤怒地关了那耳房的门,抽开了前门的闩,抓了那书,装作在读的样子,叫道:

"请进!"

门旋风似的开了,佐雅走了进来。维娜望着她,不觉大笑起来。

"我怕是霍洛合林!"她叹了一口气,安下心来,吻着她的朋友。

佐雅听了霍洛合林的名字便咬着她的嘴唇,但是立刻变作不关心的样子,说:

"我只是顺便进来看看,马上就走!我想看看家里把我的东西送来没有?"

维娜微笑着。

"你有一封信,但是东西还没有到。"

第十章

父女的思想冲突

　　刑事审理局是设在前公爵枯特金的旧邸中——在市的中央。从这里到狗胡同去是很近的，但是彼得巴夫洛维基阿苏金，自从他的女儿离家以后，觉得这是一个非人类所能达到的距离。

　　早晨到局里来的时候，阿苏金在没有动手做事以前，一定要向窗外凝视一会儿，好像是希望从石墙的里面看见他的后悔的女儿似的。但是在他除了看见屋顶、烟囱和天空以外再也看不见什么以后，在他除了接到一个要求他把她的东西送到狗胡同第六号第九室的一个短短的字条以外，再也没有听到他的女儿的什么消息以后，他一定叹着一口气，在他的写字台旁坐了下来。

　　在震动了全国的那深堪注目的一天的晚上，阿苏金约莫在七点钟的时候走进办公室（刑事审理局常常是在晚间办公），和平常一样向窗外望着，叹着气，在那标着"第二区副检察官"字样的写字台旁坐了下来。

　　"你的女儿还没有回来吗？"第四区副检察官没有仰望地问着。他可以猜到那回答，不过是照例地问问罢了。

"没有！"阿苏金愤愤地回答，用他的指头在桌上敲着，"没有！"

"有什么消息吗？"

"有，她给了我一张字条！"阿苏金突然地说，对手惊讶地仰望着。

"她说些什么？"

"她要我把她的东西送去：衣服，衬衫……最重要的是一些书籍！开了她的住址：我的消息是对的——她是留在狗胡同里她的一个朋友的家里……"

"她是在你自己的那一区呀！"

"对的！那个屋子和房间我恰恰都知道——我有一次要到那里去问一个人……"

室里没有局外人，他们可以畅谈着他们的家事。

"你已经把东西送去了吗？"第四区副检察官问。

阿苏金的面孔突然变得冷淡了。

"请原谅我，但是那是我不能理解的事。如果她要独立生活，而且不认她自己的父亲，我不懂得，为保全我的生命计，我们为什么要互相通信呢？如果她要她自己的东西，为什么不自己来拿呢？我没有请什么听差的人，而我，我自己又老了，并且我不愿意到那里去！这就是我所写给她的话……"

"你对于你的儿女太专制了，阿苏金。"

"我有权利这样做——我养育了他们，我把他们抚大了，我应当可以要求他们多少的尊敬……如果她不需要我的慈爱——我也不需要她！"

"那太残酷了！如果她发生了什么事情，她走到你这里来，你是一定会饶恕她的！"

"谁！我？"

"当然啰。"

"那是决不会有的事。"阿苏金简略地说，把谈话暂时终止了。

副检察官好奇地眺望着他——在他们的工作的百无聊赖的程序中，全体职员都对阿苏金的个人的悲剧感到了异常的兴趣。

"你到底对她做了什么呢?"站在窗前的一个侦探说，燃着一支雪茄，希望把时间在一个有趣的谈话中消磨过去，"你平常对人并不苛刻呀……"

助手长从私人办公室里伸出头来。

"有侦探在这里吗?"

"只有彼特罗夫，我想!"检察官回答。

"蒲拉溪金哪里去了?"

"侦查一个窃案去了。"

"布兰德哪里去了?"

"他从早晨起在侦查一个杀人事件!"

"要彼特罗夫进来!"

头缩进去了。阿苏金微笑着，继续着那被打断了的谈话，嘲弄地说:

"有人发觉了我的过去的大秘密，为了这事而非难着我的女儿：说是出身于一个不正当的家庭!"

"什么样子的秘密?"

"你不知道——我曾经当过牧师吗?"

"是的，但是你已经自愿地脱了牧师衣服呀!"

阿苏金耸耸他的肩，说:

"这女儿生的时候我还是一个牧师。现在自动脱离牧师职务的人多得很呀! 这也不算什么稀奇!"

"那是真的!"副检察官同意地说，而且摇摇他的头，带着一种同情的口吻加说着："你怎么当过牧师的? 这简直不像你。"

"从神学校里出来我再能够到什么地方去呢? 我的父亲总是这么对我说，他老了，他时时刻刻期待着死，而我应当继承他的地位。他亲自走到主教那里将手续办好。他们替我找了一个新娘，在我还没有来得及考虑的时候就被迫结了婚，而且被任命去管理那教堂。"

"那么你就这样接续下去吗？"

"再有什么办法呢？我完全被催眠了，如果我的妻没有死去的话，我恐怕还在当牧师呢……"

"你信仰你所传布的教吗？"

"啊！什么信仰！"阿苏金连连摇手，"有信仰的非常之少呀！但是那算什么？那对于我赚我每天的面包有什么关系？但是在我的妻死了的时候，我要在那屋子里孤衾独枕地度过我的余生，我曾经想过……我同一个学校女教师做了朋友，但是你知道在那时的乡村这是怎样大逆不道的一回事。一个好管闲事的人送了一封匿名信给主教。主教唤了我去……我就在那时不干了，要求卸去牧师的衣服。"

一个高大的红发男子走进房里来了。第一区副检察官懒洋洋地请他在他的桌旁坐下。其余的两个，对于他们的同僚的生活中的故事非常感兴趣，更加移近了阿苏金。

他静默地向他们微笑着，燃着一支纸烟，继续说：

"他们一时不许我走！三次叫我去谈话！主教要我考虑考虑人们会怎样说。我告诉他他自己过着一个圣者的生活，但是他还是被人议论着。他和我同意，走开去了。当他们第三次叫我去的时候，我剪了我的头发，穿着俗人的衣服去见他们。在那时，他们才容许了我，让我走！"

大家都笑起来。红发的人走了，侦探报告有犯人到了。检察官叫他等着，而那个因为和来人谈话去了的缘故以致这故事的一部分没有听到的副检察官，开始问着：

"你为什么会到这刑事审理局来的呢？"

"只是偶然的。当我弃了牧师的职务的时候，我在地方检察厅找到了一个职务。在那里我获得了我的一切刑事审理的经验：我要去抄录一切关于各种案子的文件，而且我常常要帮着去审理犯人。我做到了一个助理秘书，当革命到来的时候，我又失业了！最初我加入了警察局，后来我就转入这刑事审理局……没有问题——我对于这种工作是很感兴味的！"

"长官甚至给你取了一个诨名，叫作雪罗克福尔摩斯呀！"

"我听见过的，"阿苏金带着骄傲和自负的感情说，"他是在我破获了阿利巴绥夫的财物的那次银行事件以后给我起了这个诨名的。"

阿苏金自满地笑着。接着一种职业的好奇心，侦探问道：

"你怎样破获的？"

"这银行被人打穿了后面的墙抢劫的！什么形迹都没有！我在破晓的时候走到一个饮食店去，在嫌疑之下，逮捕了一个人。没有什么证据，不过那男子在他的指甲底下有些像砖屑一样的尘埃……我盘问着他，替他修理指甲。我在显微镜下检查那些尘埃：确是砖屑和石灰……他的口供是他那晚喝醉了酒，睡在妓女家里，并没有做什么事……"

其余的副检察官都摇着他们的头，笑着。阿苏金加说着：

"是的，我欢喜我的工作，我没有什么抱怨的！"

侦探不无讥刺地说：

"你怎么会抱怨呢？上月份你获得了比你的月薪还要多的破获的财物的报酬！"

"这是一个幸运的月份，"阿苏金笑着，擦着他的双手，"一个很成功的月份！"

其余的副检察官相视而笑。侦探走到房间的中央，取着类乎演说的姿势，说：

"这种酬报制度是很好的！每个人都更加热心地去工作……而人民也似乎开始了解这是怎样一回事了！在这以前每个控诉都是夸大其词……什么人要是失了价值百元的东西的时候，他总要报两百元……但是在他们一经发觉破获之后要付百分之几的报酬费，便什么都变了……你们还记得前天我们交还那马夫的失去的马吗？我走到马行里去问过，看那样的马到底要值多少……"

"多少?"副检察官们都感兴趣了。

"那样的一匹马约值一百五十元。但是那个混蛋他报七十五元!"

"他应当被告发,而课以附加费!"阿苏金愤然地说。

大家都笑起来。

阿苏金还是很严肃的。他的成功的月份的提及,不知为什么,使他想到了他的女儿,于是对着众人,他愤愤不平地说:

"我的女儿不要依赖她的父亲了,已经不认她的父亲了!从前的时候我一定给了她一点厉害看。但是现在我有什么法子想呢?"

叹着一口气,他伸手去取他的写字台上的文件。一个副检察官命令把犯人带上。打了呵欠,伸了一伸懒腰,大家开始埋头于工作中去。

阿苏金在拷问一个站在他的台前的男子,而且在写下他的回答。他是很庄严的,他是连笑也不笑的,当回答他的问话"你的职业是什么"的时候,这个男子答道:

"扒手!"

完结了他的拷问,遣去了犯人,阿苏金伸了一伸腰,燃着一根新的纸烟。他连一刻也不能忘怀那搅乱了他生活的和平的过程的事,而且他觉到了佐雅甚至连一点什么遗恨或后悔的表示都没有。

他叹着气,用他的指头在桌上敲着。当他的邻人把笔停了一下的时候,阿苏金便趁着这个机会说起话来,好像是继续着一个被打断了的谈话似的:

"她似乎不懂得我这一切的苦恼都是由她而起的。她可以离开她的父亲,如果她要这样的话,但是她应当无疑十分恭敬地让他知道她是在什么地方,她是怎样地生活下去的。"

"她再也不是一个小孩子了——她不会有什么差错的!而且她有很多的朋友。"

"是的,他们就是那引诱她这样做的人呀,"阿苏金怒鸣着,"她要是没有他们，她一定好多了！"

"有朋友并不是什么坏事。"

"是的，但是……"

阿苏金深深地吸着烟，把烟吐出，并不把他所要说出的话说完。他只向房的四周看着：大家都在工作，没有时间来同情他的个人的悲剧了。

阿苏金叹了一口气。

"是的，时代已经变了。不要很久就会没有人能够辨别黑白了。"

"我希望你不是在肆意诽谤？"

"只想想：一个女儿离开她的父亲，从他那里逃走出去。而父亲连发怒的权利也没有，也没有什么人同情他！而我的自尊心却不让我……"

虽然阿苏金的演说是每日的课程的一部分，室中所有的人却还是装作在听的样子。

将近九点钟了，侦探们都在预备回去，正在这个当儿，电话的铃子突然响着。值日的检察官接着电话。

受话器轧轧地响着，其余的副检察官们听着他们的同僚的回答，都在努力猜想这是什么事情。

"警察？"阿苏金问。

副检察官点点头，向着电话口说道：

"狗胡同？"

阿苏金感兴趣了。

"六号？"那人在重复着说。

阿苏金立起身来，倚在他的台旁。

"第九室？好，我们马上来了！"

检察官把受话器放下。阿苏金恐怖地望着他，问道：

"那里发生了什么事？发生了什么事？"

　　"一个女子自杀了……或者是被人谋杀了——他们还不知道！这是你的区里，阿苏金！喂，我们就去吧。"

　　阿苏金从他的椅子上跳将起来，旋风似的从房里跑去，从门外消逝了。谁也没有来得及把他的帽子交给他，或者给他一点什么说明。

　　检察官忧愁地摇着头，跟着他走去。

第十一章

皮肤病及花柳病的课堂笔记

"我在楼梯上跑过了霍洛合林，"佐雅喘息地说，"他好像一个疯人一样：好像什么人都看不见似的！把我的信给我！"

"他们都疯了啊。"维娜不关心地回答。她从桌布下面取出信来，把它交给佐雅，问："这是谁写来的？"

"父亲，"佐雅回答，望着那信封，"我没有时间，维娜。如果霍洛合林到这里来了，集会一定也散了。塞尼亚在俱乐部等着我……我是一直从工厂里来的。"

"什么集会？"

"改选会。霍洛合林被撤销了，一定另外选举了什么人。再会！"

在门外，佐雅碰着了霍洛合林，他却连招呼都没有同她打。他和平常一样苍白；但是他以前从来没有这样懦弱无能，这样优柔寡断。

走了进来，他四围望着，好像是第一次看见维娜，看见这房间、这壁间的图画和这圈手椅、这圆桌一样。叹了一口气，他喃喃地说："这样生活下去不行啊!"于是走到窗前。他好像是一个刚刚被尖锐的钓钩拖出水来的长长的、多骨的鱼一样。

维娜不无同情地望着他。

"你有什么事,亲爱的?"

"没有什么!"

"你是什么意思——没有什么?开会的结果怎么样?"

"科罗列夫被选!"

"你呢?"

"我?"他带着显然的惊愕望着她,摇摇他的手,"我现在有什么用?我是一点用也没有了!现在一切都完了——被注定和判决了……"

维娜在床上坐下,斜倚在铁的横棒上面,带着夸张的愤怒和轻蔑望着霍洛合林。

"听!"她说,"听!我要读书。如果你不把你的故事告诉我你便不能够生活的话,那么,快点,告诉我了,就滚出去吧!"

他望着她,而且感觉到他的愤怒和决心正在他的心里增长着。

"如果你要我这样的话,我可以告诉你!"他说,他的嘴唇颤动着,"你或许也有利害关系:我想我惹了病……"

"你是什么意思?"

她掉转头去,好像在期待着一个打击一样。

"蠢的质问啊!如果这是一个七年的疥癣的话,我不会来打搅你,如果这是窒扶斯的话——我会进医院去。"

维娜咬着牙齿,静静地说:

"你这病是什么时候起的?"

"有些时候了,我想。明天我就可以听到检验的结果……如果你有兴味的话,你可以去问……这里……"

他从一个记事簿上撕下一页来,把它投在桌上。

"拿了这张纸去问。我不去了!我什么地方也不去了。我什么劳什子也不需要了！我要了却一切！"

维娜走到他的面前，她的眼睛里充满了恐怖地望着他：

"我怎么样？我也惹了病吗？"

他耸耸他的肩，他禁不住要同她苦恼他一样地苦恼她。带着认真的口吻，他说：

"大半……"

"当你来看我的时候，你已经惹了那病吗？"

她这么用力地捏着他的手，使他不由得把手拖开。

"是的！"

"那么，你知道的吗？"

她那为愤怒所歪曲着的面孔真是可怕极了。霍洛合林把她推开，他差不多害怕起这个女人来了。

在那可怕的憎恶的当中，在那使她的为羞辱和恐怖而涨红着的面孔的愤怒的当中，确是有些不可思议的地方。

霍洛合林无意识地从她的旁边走开。

"畜生哟！"维娜低低地说，"畜生哟！"

他不能把他那表现在他的面上的复仇的胜利之感掩饰。维娜注意了他的表情，这使得她把自己抑制着。

她摇摇她的头。

"你是说谎吧，霍洛合林？"

他含默着。

"我在问你——你是说谎吧？"她几乎叫了起来，"你是说谎吧？"

他战抖着，但是仍然没有回答。这个沉默比他所能够说得出来的无论什么话都可怕。一种恐怖的冷的感觉好像在通过她的全身。她在等待着。

霍洛合林垂下他的头，一句话也不说。于是，她静静地问：

"你在什么地方惹的？"

他不等她问完她的话，他已经歇斯底里地叫出：

"什么地方？在人人可以惹到这病的烂地方……我仅仅和卖淫妇发生了一次关系——而且是为了你！"

"什么时候，这是什么时候的事？"她呻吟着。

"当你把我从这里赶出去的时候！就是在那个时候发生的事！你使安娜离开了我，而你又不肯同我发生关系……这是你应得之报！我们两人应当留意我们的健康，不应演着那布尔乔亚的话剧……！"

"你——这恶汉！"

她带着一种愤怒的激情挺着身体，突然为着对于这个男人的可怕的反感而昂奋着。

他大笑着。

"太迟了！太迟了！"他说，"哦，那有什么关系呢？"

他的话使她沉着了。她摇着头开始绕着房间走着。

"等一等，"她低声地说，好像对她自己说一样，"等一等……我一点也没有注意……我还没有看见什么征候……我不会不看见的！"

他看了她的痉挛的昂奋不觉得感到一种漠然的满足，于是极力掩饰着他的憎恶，说道：

"这是很容易忽略的呀！"

"不，这是不会有的！我知道我是很健康的！"

"病征会慢慢地显露的！"

"不，等一等，等一等。让我来计算一下。那是什么时候的事？传染要多久才能看出？这一切我都读过的，但是我记不起来了，一点也想不起来了……"

她跑到一个小小的书架前，静静地、急剧地开始把书一本一本地拉出：

"我的笔记簿在哪里？"她叫道，"我们的皮肤病及花柳病的课堂笔记在哪里？"

148

她跪了下去，摸着她的头，努力去集中思想。

"什么人借去了！我把它们借给什么人了呢？我什么也记不起来了，我什么也记不起来了……你是说谎吧？"她又叫道，"你是说谎吧？"

他指着那依然摆在桌上的纸：

"你以为我到那里去是开玩笑的吗？"

她跳了起来。她放在她的围裙里的那些书都掉在地板上了。她不去捡起它们，它们使她联想到她自身来了，那正在不可收拾地渐渐崩落下去。

"等着，"她叫，"等着！那个工厂里的女子怎么样？这同样的事也会降临到她吗？"

他愤愤地摇着手。

"我怎么知道？多半！"

"你是一个怎样的卑污的狗啊——霍洛合林！"

"这一切都是谁的罪啊。除了你！"他忧愁而绝望地叫，"是你把我逼到那条路上去的呀！"

她还是穿着那同样的艳丽的闺衣。带着默默的焦躁，霍洛合林望了绕着室中跑着的她。

"你，你！"他顽固地重复着说，"你！我一生没有逛过妓女，我不是一个小孩……你使得安娜离开我！你不知道自己所需要的是什么：是我和旁的人，和旁的人，和旁的人呀！你把我的生命糟蹋了！那天晚上你为什么来看我？为什么？"

她轻蔑地背着他。

"你……你……"他尽管重复着说，摇着他的两手，"你……你是一个典型的布尔乔亚，你把我拖进了这个泥沼里……"

维娜在室里踱来踱去，全不听他的话。终于他停止了说话。维娜觉得这个暂时的沉默好像是一个坟墓的沉默一般。

"这是不会有的事吧，这是不会有的事吧，"她在他的前面站住，

"难道我也惹了那病吗?"

"大概。"他朦胧地回答。

这情绪、动作和思想的激荡使她疲倦了。地板上的书籍不断地被踏在她的脚下。她俯身去捡起它们,但是无力地垂下了她的两手。

"不,我是决不会有什么毛病的!"

"你最好走去请医生看看。"

她战栗着——她如果一点也不知道的话,反而要好多了。霍洛合林加说着:

"在那里他们都是很客气的。他们已经见惯了。这是一桩很普通的事呀。"

他在消磨着他的愤怒,一若这是毒的痰液一样。他愈是感到这毒的效力,它便愈多地表现在他那疯狂的言语里。

"当我在那里的时候,一个约莫十二岁的女孩子走了进来,他们对她说她有梅毒。她仅仅叹着气说:'谢天谢地!我怕是麻疹呢!'"

维娜没有听他的话。她极力地忍住她的眼泪,歇斯底里的呜咽使她窒息了。她走到窗前,充满着小孩们的笑声来往的行旅的喧嚣的那芳香的春天的气息使她眩晕了。一切都依然如故,只有她正在堕入一个黑暗的深渊,而且她知道现在什么人力也不能够挽救她了。

世界,这美丽的世界,被破坏了,而且在同她一道坠落了。

第十二章

最好死去吧

　　她用她冰冷的指头触着她那炽热的前额，而这个接触好像使她心神清爽了一样。她自言自语地说：

　　"不，这是不会有的事。"

　　霍洛合林含默着。她望着他，好像突然记起了他在她的面前似的，于是静静地说道：

　　"霍洛合林，离开这里吧。"

　　他一点也没有注意她的话。这不尽的、厌倦的、可怕的一天的忧虑压在他的身上好像一个肉体的负担一样。他觉得他简直不能够站起来离开这里。

　　"我们第一要决定，"他说，"我们要做一个最后的决定……"

　　她重复着她的话："走吧，随你的意去做什么。只要离开我这里……"

　　他没有听她的话，昂奋地说：

　　"不，再也没有什么事要决定了。我说过：被注定判决了。再也没有什么要做了！没有！"

"就是你拉出一支手枪来，我也不会相信你！"她简切地说，"你不能够杀人：无论是我或你自己。你听见了吗？滚吧！"

她又转向窗前。人影正在街上蠕行着，小孩们的声音从步道上传入她的耳鼓。远远的地方有一个声音叫着：

"樊丽亚，是回家的时候了！"

那些高出屋顶的房子前面的高高的枫树相互地飒飒而鸣。一轮马车轧轧地驰下了街道。

维娜倚在窗槛上。她突然感到沮丧，想道："我从来没有像这个春天一样地想生活呀！也许就是因为那个缘故吧！"

霍洛合林没有望她。他口袋里的手枪和他脑子里的决心一样地坚固而明确，而且在维娜的那句"无论是我或你"的话里含蓄着比在无论什么话里所含蓄的更多的真理。

他勉强站了起来，忧愁地望着门。

"为什么我要到这里来？"他想，好像一个贼一样地望着维娜。

她碰到了他的视线，他又坐了下来。

"离开这里吧！"她几乎恳求了。

"听，维娜！"

"我不愿意再听一句话了！"

"不仅仅我们两人……"

"住嘴！不要让你比现在更坏呀！"

"你想我们怎么办好呢？"

"你自杀好了！你自杀好了！"她疯狂地叫着，"你活着有什么用？"

她的话和她的可怕的眼睛使他惊骇了。

"想一想你自己吧！"他静静地说。

"你是什么意思？"她愤怒地打断他的话。

他一句话也不说地走到桌旁，在圈手椅上坐下，拿了笔和墨水，在白纸簿上撕了一页下来，于是写着以下的话："这样生活下去不行啊！"

好像把他自己催眠着，他望着他自己所写的字。

"这话我已经听见过！"维娜，望着那页纸，耸耸她的肩，"还有吗?"

他厉色地望着她，加着以下的字"最好死去吧"，然后在下面署了他的名。

"这个少许新奇一点，"维娜说，"还有吗?"

"就是这样！"

浮着一个使得维娜对他感到一种奇妙的轻蔑的惨笑，霍洛合林从口袋里拉出一支手枪来，望了它一眼，于是又望维娜一眼。

"当我是一个十八岁的小孩子的时候，我在杰卡工作，"他把手枪在他那冷冰冰的而且无力地垂着的手中摇动，"而现在……而现在我连同我自己一样的这个朽东西也举不起来！"

维娜涨红了脸，轻蔑和愤怒使她气窒了。

"霍洛合林，我请求你马上离开这里！"

他看见了她那充满着憎恶和轻蔑的眼睛。在他刚好把手枪对着了她的那一刹那间，他记起了一切：最初的会面，艳丽的闺衣，赤裸的膝以至屈辱、无意志、无力和他自己这么憎恶的欲情的那黑暗的深渊。他叫道：

"你先死！"

"滚吧！"她举起她的手想去打他或是去推开他。他动摇着，正在这个瞬间，一个震耳的枪声使他昏迷了。

他看了维娜咬着她的嘴唇去忍着痛苦，痉挛地把她的手放到她的胸前。血从她的手指间滴出。她倒下了。霍洛合林凝视着她，还是莫名其妙地：他被这一切事情的发生的简单惊骇了。

枪弹一定穿了她的心：没有把她的手从胸前移去，维娜好像要起来一样，痉挛地在地板上弹动着。黑色的血流很快地流到黄色的地板上，汇合起来形成了一个池泊。霍洛合林走向门前。

他不能够把他的眼睛离开这血的泊。它每一秒钟都在涨大起来。突然她的手从她的胸前滑下，落在地板上。于是他看见那女子的全身的线条已经呈了一个不自然的、死骸的轮廓：她的头垂到后面，她的颚向前突出。那短短的闺衣无生气地覆着她的两腿。

霍洛合林突然惊跳了。

大声地，激烈地，什么人在敲着门。

他转向门前，把门闩上。那人说着：

"发生了什么事情？开门！"

他想说："稍微等一等！"但是他说不出话来了。敲门的声音愈见固执了。

"开门！里面发生了什么事呀？"

他咬着他的嘴唇一直咬出血来。于是被他自己的平静惊骇了，他回答：

"没有什么事！我一会儿就开门……"

他望着窗外，于是又望着门，突然感到他已经被这四周的墙壁，被这些叩着门的固执的人们，被这可怖的日子和他的全部的生命围困了。他握着手枪，对准着他自己，把引发机拉了一下。

第三部　始末

第一章

共产青年的名誉

假使学生俱乐部的管理人所最惧怕的事情终于实现，体育室的地板和四壁果然都崩坏了的话，人们也不会比在维娜房里发生的事件的消息传播到俱乐部了的那个不幸的晚上更加昂奋、悲叹和骚动的。

一切经常的娱乐被遗忘了。一切日间的急切的问题都失掉了它们的兴趣和意味。一切经常的习惯被破坏了。运动家们低着头垂着双手徘徊着。象棋盘关着。食堂像死体室一样沉寂。图书馆中的晚报挨也没有人挨了。

被她的朋友们围绕着，佐雅正站在窗前垂泪。她已经到了一个不能说出她的故事的地步，她只摇着她的手，用手指压着她的颞颞，不住地重复着说：

"为什么？为什么我要离开？我不该离开的呀！如果我在那里，什么事也不会发生的！"

从大学新来的人们和环绕着她的这小小的一群联络，于是看着听着，向前走去。在体育馆中举行着临时的集会：一个昂奋的、激动的群集合在科罗列夫的周围。

论争一刻一刻地变得更加热烈和激烈了。那些围着佐雅的人渐渐地和这一群联络了。

几分钟内佐雅自己也走上前去了，但是她的头发着痛，冷的情绪萦绕着她的心脏，使她对于他们的话一点也不能够理解了。

她拥挤到塞尼亚的面前，说道：

"我走了，塞尼亚。我再也不能够忍受了！"

塞尼亚送她出去。

"我真不知道，"佐雅重复着说，"我真不知道娃利亚会发生什么。我怎么能够告诉她呢？"

塞尼亚焦急地摸着他的前额：这好像每一点钟这悲剧变成更加复杂了一样；人类的忍耐力、人类的言语已经不够把它剖解，把它简单化和对它做出什么了。

"我想不一定要你对她说什么了，现在在那里人人都会知道这事。你要做的是去使她稍稍镇静下来……"

"谁也不知道那个女孩子，"佐雅颤声地说，"谁也不……"

"哦，她总不会自缢吧！"

"不，不，但是其他的事会更可怕呀！"

塞尼亚摇着头，他残惜地看着佐雅离去，于是站在门边，他目送着她。她走过庭园，远远地向他微笑，虽则她已经望不见他了，于是在惨淡的夜的薄暗中消逝。

塞尼亚走回体育室。

苏里奇在俱乐部到处跑着，叫着：

"科罗列夫在哪里？有什么人看见科罗列夫没有？"

做我们的脚夫、阍人兼守夜者的那个幽默的老人带着一种和蔼的声调说：

"他已经回到体育室去了。"

苏里奇跑去找他，于是在群众的边缘站住了。

科罗列夫正站在一把椅子上，昂奋地说着：

"同志们，共产党是我们的生活组织的中心！当同志中间的一个犯了一种卑污的罪恶的时候，我们应当识认。同志们，那就是共产党的，共产青年的——名誉攸关……"

安娜突然发出一个高声而且不自然的大笑。有几个人愤怒地望着她，但是她带着一种挑战的声调叫道：

"我反对这种布尔乔亚的说法——共产青年的名誉！我们想也许第二件事你就会说到国旗的名誉、贵族的名誉吧？这是愚昧而陈腐的，科罗列夫！"

许多人惊慌失措了。但是立刻许多赞成的声音被听见了，预备和科罗列夫争辩的安娜被挤到了群众的中心。塞尼亚带着热烈的声调继续着说——在那个不幸的晚上，一般被这悲剧的事件弄得无力了的青年都认为他是他们的领袖了。

"是的，"他说着，显然是很兴奋地，"是的！如果我们中间有些人对于这事似乎不理解的时候，我一定要更详细地说明！是的，我们应当在我们自己的心中养成一种阶级的、党的和共产主义者的美德！是的，从前他们常常谈到国旗的名誉、军团的名誉、贵族的名誉——我们没有这些，这是我们足以自夸的事——这是我们阶级意识的标识！虽然这个你们也许会觉得奇怪，但是关于国旗的名誉和军团的名誉的老话在战争的时候的确是非常有益的。它可以组织力量、集中力量！我们在我们的地方组织内，在我们的党内，在我们的阶级内，在我们的苏维埃国家内，都应当记着这点！如果我们在外国遇着有什么布尔乔亚侮辱苏维埃政权的时候，我们要老实不客气地打他个臭死！我们不能让它没有惩罚呀——这对不对呢？"

安娜的话被赞成的叫声淹没了。她正在想找一些什么辛辣的话来说，而站在她的旁边的格雷兹已经在叫：

"封建主义的剑！"

"这并不是封建主义的剑，"塞尼亚冷静地回答，"阶级的内容是不相同的，但是形式的相似还是存在的，我不能够而且不愿意把它掩饰！我们非得拥护我们共产青年的、我们阶级的和我们国家的名誉不可！我们不能让旁的人借口我们同志们的行为来唾我们的面，来非难我们的道德……所以，安娜和格雷兹的言论是完全不正确的！"

群众很快地在增加，那些恰恰从那里经过的人们站住听着而且加入着。大多数人的同情显然是在塞尼亚这一边。带着一个挑战的、嘲弄的微笑，安娜叫道：

"不错！但是霍洛合林到底怎样侮辱了我们共产党人的名誉呢？"

"当我们谈论一个人人知道而且人人亲眼看见了的事的时候，我们为什么还要旁敲侧击呢？"科罗列夫追问着，"如果一个女子不肯帮着一个男子满足他的兽欲……"

"不是兽的，是自然的！"安娜纠正着说。

"一个文化人的自然的、常态的感情是那种普通叫作爱的感情，而且它不一定包含着性的行为……"

"那么还包含着什么呢？"格雷兹鲁莽地插着嘴说。

"我想他的意思是包含着握手吧。"安娜窃笑着。

接着这句话起了一阵这样的骚闹，使塞尼亚只好摇着头，用手塞住他的耳，沉默下来。

但是，立即就有许多声音在叫：

"让科罗列夫说！让他说！"

安娜好几次细声地说"布尔乔亚"，但是她还是让科罗列夫继续下去。

"现在，在这里开始一个关于像爱一样的题目的讨论，"塞尼亚带着微笑说，"并不是非常适当的时候和场所……"

"为什么？"安娜挑衅地问。

"第一因为这是一个非常复杂的问题，最好是在比较冷静的时候去讨论……而且我们一定要利用这个会合来讨论深印在每个人的心坎中的问题……"

安娜胜利地环视，但是她的举动仅仅博得了许多叱咤的声音。

带着一种更加冷静的声音，塞尼亚继续着说：

"我可怜那些在恋爱中除了性的行为以外便什么也看不见的那样的人。我相信他们会有和霍洛合林一样的下场，或许更糟。这就是为什么我觉得研究今天的事件对于我们是这样重要的缘故……不仅是我们的名誉攸关——还可以给我们中间许多人一个教训……"

安娜打断他的话：

"你难道不认为糟蹋人家和暴露人家的丑事是布尔乔亚的惯性吗？那样的事情见鬼好了！我们的同志们的私生活绝对不干我们的事！"

这句话说出之后，就是安娜的拥护者也似乎把她弃而不顾了。再一度发生了私人的争论，而且再一度演说成为不可能了。

"我们怎么可以把党的生活和私生活分开呢？"

"你的意思，"苏里奇向安娜叫着，"你的意思是说如果我把你拖到一个角落里强奸你的时候，无论什么人都应当不干涉我走了过去。因为这是我的私生活吗？是这样的吗？"

这么多的人在围着安娜问着叫着，使她简直不能够一一回答他们，而且她又找不出足够的锐利的言辞来建立论证的印象和逻辑的外观。她走上前去，在科罗列夫的正面叫道：

"闲话不要讲了！霍洛合林怎么样侮辱了你的名誉？"

她的声音带着歇斯底里的调子。塞尼亚极力想使群众镇静下来，他举起双手，张开他的指头，说：

"同志们！就是我们的同志中间的一个自杀这事实已经是侮辱了我们！这就是说我们是度着一种腐败的生活，我们没有给他一点什么可以执着的东西。我们，我们自己，是腐败的，而且我们所做的一切事情除了幻灭以外什么也没有带来……"

"他还有其他的原因……"什么人细声地在后面说，但是要找出说这话的人是不可能的。

"是的，我知道，我听见了这个，"塞尼亚继续着说，"但是这还是不能原谅的，特别是在学医的学生，取一种疾病不能医治的布尔乔亚的态度！他连检查的结果也不知道……但这是不重要的。"塞尼亚带一种含着新的力量的声音说："退几步来说，一个人可以理解这个自杀，但是在这样的状态之下的一个妇人的杀害是绝对不能饶恕的……"

正在这个时候，挨近门口的最后行列中有人叫着：

"停一片刻，科罗列夫！这里有一个人要会你！"

被这插嘴所激怒，塞尼亚眺望着群众的头。

"是谁？"

"什么事？等他讲完他的话！"四面八方的许多声音謷謷地说着。

"谁要会我？他不能够等一下吗？"

这同一的声音回答：

"是刑事审理局的一个检察官……"

"我们没有时间和他鬼混！"安娜叫着。

"他是为着关于霍洛合林的事情要会你！"

"去吧，科罗列夫！"苏里奇说，"没有你我们也会极力进行的……"他这么意义深长地向安娜望了一望，使得塞尼亚不能不相信他以后的辩论的力量，于是当他离开的时候，低低地对他说：

"当心你们不要打起架来！"

好好地进行着的集会似乎沉静了。科罗列夫挤过群众，在门口和一个戴着毛帽和耳套的男子碰着，那人显然是在等待着他。

"我的名字叫作科罗列夫，"他淡然地说，"我可以替你做什么事，为什么这样急匆匆的呢！"

这新来的人望着他，郑重地摇着他的腋下的文书夹，鞠一鞠躬：

"讲原谅……"

一瞬间的静默之后，他带着一种高慢的痕迹和自尊的感情加说着：

"我是这不幸的事件发生所在的那第二区的副检察官……"

"那么，这事怎么样？"

"和我的职务攸关，而且为着要弄清楚关于这个事件的若干非常不可解的状态……"

围绕着的学生们现着显然的好奇的模样。塞尼亚惊异地望着这人，但是立即请他跟着他走到图书室的静静的一角。群众让开一条路给他们走过，而且用他们那还在给狂热的辩论燃着的眼睛目送他们。

第二章

最好死去吧——我们两人

我们可以毫不夸张地说，阿苏金是在枪击的烟和臭还没有消散的时候出现于这悲剧的舞台的。

和大多数作家的记述恰恰相反，事实表明了他的迅速的出现绝对不是偶然的。实际的人生常常用这么细致的线把人们联系着而又把这些线织成一个这么奇妙的图案，使得就是最敏锐的幻想家也不会相信它的现实性。一个聪明的作家绝不会捏造什么，他只要把在生活中观察所得的事实组合拢来而已。但是，这还是不能使他避免他的读者说他的组合是子虚乌有的那样的非难……

我们，当然，是没有这样的嫌疑的。我们并不是在写一篇小说，我们只是把在我们城里发生的实际的事件，已经传播到全俄的事件，就在最近被人们口传笔载的事件的记录非常详尽地展开罢了。

推开天井里、客厅中、阶梯上和厨房里的群众，阿苏金在狗胡同的那间房子的门前站住了。

人人惊愕地望着他。一个老太婆低低地询问她的邻人：

"他是父亲吗？有人说她的父亲住在这里……"

"她的父亲是做桶的！他在水门汀制造所租了一个铺面！这个人并不像他——她的父亲是跛足的。他到这里来看她的时候，我看见过他一两次……"

阿苏金用他的下意识的心听取了在他背后的这一切低声细语。

"这不是她！"他带着一种欢喜和失望的混杂的感情这样肯定地说，于是打开了门，走进房里。坐在桌旁的警察立起身来，于是知道是阿苏金的时候，给了他一个报告。

"学生还有点活气，已经被送到医院里去了……此外什么东西也没有惹动！"

阿苏金没有听。他在看着那从床上扯下来盖在尸体上面的那被单，沉思地走上前去。

警察殷勤地揭开了被单。

"这是谁？"阿苏金带着勉强的声音问。

"有人说她是大学的学生，"警察带着同情的声调说，"她姓瓦柯夫，名叫维娜。这好像是男子先把她杀了的，虽然这也许是一个自杀的盟约……有一封遗书在桌上……"

阿苏金用被单盖上死者的苍白的脸，转向桌旁。

"当这事发生的时候，还有什么人在这房里吗？"几分钟的静默之后，他这样地问。

"你是什么意思？"

"另外一个女子，比方……另外一个女子，她的一个朋友，常常住在这里的！"

"什么人也没有在这里。"

"她到哪里去了？"

"关于这个，这里的邻居多半知道一些：我是刚刚从警察所来的……"

阿苏金抑制了自己。警察的面上的惊愕的样子和他的回答中的胆怯的声调使他沉着了。当检察官到的时候，阿苏金正在注意而冷静地检阅遗书，遗书上所写的不过是下列的几句：

这样生活下去不行啊。最好死去吧——我们两人。霍洛合林。

无关心地，检察官望着这个署名，把这封遗书朗诵了几次，于是转向阿苏金：

"那么，你须得办理这事——这是在你的区里。这一点也没有什么复杂的地方。显然是自杀的事件，多半是他首先把她杀了的。他的伤势怎么样？"他问着警察。

警察摇头：

"他恐怕不会好了。"

检察官在房间里绕了好几个圈，威严地斥骂了在门边的好奇的观众，最后说道：

"阿苏金！你准备好了的时候，把案件报告长官。我要到城外去……"

阿苏金静静地回答"知道了"，于是郑重地把上司送到门外，然后开始小心地准备着他的照常的工作：他拿了钢笔和墨水，叫警察去拿纸来，于是把遗书放在一边，他从地板上把手枪取来检查。当他正在预备把它连同其他的证物抛到一边的时候，突然他猛吃一惊，圆睁着他的眼睛，于是开始细心地把它反复检验着。

当警察回来的时候，他叫他拿一支蜡烛来，于是从他的袋里取出一片封蜡和一颗图章，他用一根绳子把手枪缠住，打上火印。他细心地走遍全室，注意检验着他的手所触及的一切东西。

从那满挂着好像依然发散活的肉体的温度的衣服的耳房走了出来之后，他特别地疑惑起来。

"医生已经走了吗?"

"他把男子送到医院去了,但是他讲了马上转来的。"

"什么人先到这里?"

"邻人们。一个老太婆和一个犹太人模样的男子。他们还在这里。我叫他们等着。就是他们把我唤进来的。"

"叫他们进来!"

阿苏金困惑地向着手枪瞥了一瞥,于是提起笔来,开始写着照常的字句:

"我,彼得阿苏金,第二区副检察官,来到公民维娜瓦柯夫的宿舍……"

"他们来了!"警察插着嘴说。

二十年来恐怕这是第一次,阿苏金把通常的审问见证人的顺序改变了,没有问他们的姓名,就问:

"你们听见了枪声吗?"

"是的!"这病态的面色微黄的男子非常兴奋地点点头,"我们一听到枪声,我们马上跑去叫警察!"

"你们听到了几声枪响?"

男子好似被这询问惊骇了。

"仅仅两声!为什么?"

"你们听到了两声枪响吗?"

"是的!两声!"

"确实吗?"

这男子微微地被激怒了,摇着他的手,答道:

"我正坐在我的房里——突然我听见一响——像是枪声。我跑进厨房,而这老太婆叫道:有人放枪,什么东西倒下了!我们开始捶这个门,于是我们听见了第二声枪声——那就是当他打他自己的时候!"

"那么,有两声枪声?"

"是的！两声！"

"好！你们的姓名是什么……"

审问并没有延长很久，虽然阿苏金把住在这个宿舍的人——叫出，问了他们关于死者、关于她的生活、关于她的朋友，而且特别是关于那一天来会她的人们的许多问题。回答是模模糊糊的，而且是敷衍了事的。大家都以为事情这样显而易见，这种审问在他们看来简直是一种多余的官样文章而已。

那看见来客比无论何人都看得多些的老太婆兴奋地摇着她的手：

"我怎么能够记得他们？我的目力又误事！什么人跑过这门——我怎么知道那是谁呢？今天至少有五个人在那里！我为什么要用那种话来搅扰着死者呢？她是一个善良的女郎，从没有伤害过我！她每次走过这房子的时候，她总要问：'还在忙个不了吗，老祖母？'而我便回答：'我没有什么事做，亲爱的！'"

老太婆放声大哭，阿苏金离开了她。

卡曼洛夫医生，体格检查者，刚刚回来，正在吸着一支烟管，谛听着，于是笑了起来：

"你的官样文章真多，阿苏金！为什么要糟蹋这张纸呢？谁也不会读它。"

阿苏金耸耸他的肩：

"你不知道！"

"没有什么要知道的。这男子多半会死，什么裁判也会用不着。就是他得救了，他多半会自首，而你的一切报告也是没有用处的。停止吧，把钢笔给我——我要预备一个关于尸体情形的报告。"

"你已经把尸体检验了吗？"

"当然。"

"弹丸穿过了吗？"

医生微笑。

"你怎么那样想呢？一个枪弹，在这样一个距离？穿过去吗？那是不可能的！"

"我也是那样想，但是你看！那男子怎样？"

"腹部受了伤！弹丸在小肠内。我打了电话到医院。山姆森洛夫想施行一个手术。"

"对，对！"阿苏金喃喃地说，"我想过也许他们中间一个是自杀，而一个是中的流弹……"

"你疯了吗？"医生惊愕地问，"你在说些什么？什么事？"

阿苏金立起身来，吟味着医生的高涨的好奇心，沉默着。

"两下枪声，两个枪弹，但是枪内只有一个空的弹壳！"

医生圆睁着他的眼睛，但是带着镇静的声调说：

"那真奇怪！另外一支手枪在哪里？"

"多半在那个开枪的男子的口袋里！"

"等一等！他的口袋里没有一件东西。一支手枪并不是一根针——我们一定看见的……你搜了这个房间没有？"

阿苏金觉得没有回答这个问题的必要。

他从房间的这一角落走到那一角落，考虑着，沉思着。他时时走到尸体的旁边，揭起被单，熟视着她的面孔：它是美丽的，线条都变沉静而冷淡了，表情无限幽静——一种引起永远安息的思想的表情。

这种思想浮上了阿苏金的心头。于是再一度，他肃然起敬地覆了这面孔。他又开始从这个角落走到那个角落，擦着他的前额，环顾着，思虑着。

医生吸着烟管，注意地望着他。

"真的！你有什么怀疑吗？"

突然，阿苏金微笑着。

"是的。"

"那是什么呢？"

"什么?"他又微笑着,"我怀疑,医生。"

"哦!"医生不耐烦地问。

"不,你不能把它当作一个怀疑,医生——这是一件确实的事!我敢确信!"

医生的好奇心大大地被引起了,盯眼望着在吃吃地笑而且在摩擦他的两手的这副检察官。

"到底有什么事?说出来吧!"

阿苏金从房中走过。

"我相信在这个世界里每个人都有他的适当的地位:我便是在我的适当的地位!我不幸偶然做过牧师,但是刑事审理是我的自然的位置呢!"

焦虑的医生倾听着他,重复着问:"什么事情?"

"事情是这样,如果从这个事件不发生一个离奇的事件的话,我不姓阿苏金!"

再也不能够忍耐下去了,医生伸出他的双手要求道:

"快点。告诉我,你到底发现了什么呢?"

阿苏金微笑而静默着。于是做个手势,他把医生引到了耳房的前面。

"一个后门!"他细声地说,把第二个门打开。

医生从齿间啸着,兴奋地向后退了一步。

"等一会儿!等一会儿!"他大声叫道,"遗书怎样呢?你还要什么?"

阿苏金从桌上拿起遗书,把它看了好几遍,于是带着显然的轻蔑,把它丢在原处。

"遗书是遗书,但是事实还是事实。"他嗫嚅着,于是向那女子的尸体望着,摇摇头:他这个时候不禁想到关于这件事情也许比他还要知道得多的另外一个女子了。

他急急地把这个思想从他的脑中驱去。医生非常兴奋地在房中踱来踱去。

"但是等一等……这里发生了什么事情呢？这里到底发生了什么事情呢？"

阿苏金敏捷地击着他的脚踵，俯着首，带着一种嘲弄的尊严的态度说：

"这是我们的任务——我们无论如何要把这里发生的事情弄个水落石出呀！"

医生怀疑地摇摇他的头，耸耸他的肩，带着几分厌烦的样子，坐在桌旁开始写他的报告。

阿苏金带着谦逊的忍耐一直等到他写完，叫了一辆病车，准备把尸体送到死体室去验。

时间已经很晚了，他收集了一切文件，把房间封锁了，戴起帽子走出去。

但是他直到早晨的时候才到办公室去。

他的腋下挟着文书夹，他的脑里充满着混乱的情感，他连做梦也不想到办公室去整理文件，报告长官。他却走进一个名叫"达马拉之城"的饮食店，照着他的习癖，从后门走进，于是叫着那店主——一个肥胖而殷勤的亚米尼亚人——他吩咐了他要的东西，为着刺激他自己的食欲，他说：

"来一个雪丝立克……多放点胡椒，不要放少了柠檬——要来一个十全十美的！多放点洋葱——当心要切成比纸还薄的片子……再一樽好酒……仅仅一樽！再不要了！我心里有一件非常严重的事！"

一切都照他吩咐的一样呈上了。两杯酒把阿苏金的脑子弄得异常兴奋。他兴高采烈地从饮食店里跟跄走出，漠不关心地把一个小银币丢在一个黑的亚米尼亚人的手里。那人正站在通路上，说道：

"回头再来光顾！"

第三章

遗书的连字符

塞尼亚把副检察官引进图书馆，静默地指着一把椅子。在坐下或取出他的文件以前，这新来的人再一度介绍他自己：

"第二区的副检察官，阿苏金。我们可以谈谈这事吗？"

科罗列夫很感兴趣地望着他，于是对着他坐下：

"我可以替你做什么？"

阿苏金细心地脱下他的帽子，把它放在椅上，他把文书夹放在桌上，于是一只手伸到夹里，说：

"这是一件应当非常秘密和迅速处理的异常重要的事情！关于这样的事情我们须得非常慎重，因为我们除了多少的疑惑以外，简直无从着手……而这些疑惑又是和事实矛盾的，但是事实到底怎样呢？我们有一个第六感官帮助我们！而且关于这个有多少不可思议的事情……"

塞尼亚谛听着。

"什么不可思议的事情？"他问。

"等一等，等一等！让我一一告诉你，然后你自己可以下个结论……"

塞尼亚微笑地注视着这十分殷勤的副检察官，等候着他要说的话。

"表面上一切都好像非常明白的……这个似乎……"塞尼亚冷静地说。

"是的，是这样的！"阿苏金兴奋地插着嘴说，"你一定要有第六感官——真正的感官……霍洛合林人事不省了。我打听过。如果他今晚不死，施行手术的时候他也许会死。即使他在施行手术的时候不死——他们也无论如何不会让我们去问他……而且他能够恢复意识的这希望是很少很少的……我打听过，他谵语着，说是他杀了她……那是真的！而且桌上有一封遗书……你一定认得他的笔迹吧？"

他从文书夹里取出一张小小的纸条。带着内在的兴奋，塞尼亚拿起它来念着："这样生活下去不行啊。最好死去吧——我们两人。"

"这是霍洛合林写的吗？"

"是的！这是他的笔迹！"

"你一点也没有疑问吗？"

塞尼亚静静地立起身来，从房里走出去。一忽儿他手里拿着一张纸走了回来。

"这里是霍洛合林写的一个会议的记录，把它们对照一下吧！"

阿苏金不关心地把它们看了一遍。

"这无须乎什么专家来说这个遗书是出于一人的手笔。就是少许有些异样，这也可以用这人的兴奋的心情来说明。那并不是重要的事！细心地把这遗书看看吧——在这上面你不能看出什么异样的地方吗？单单为着辨认笔迹我不会来打扰你。还有其他引起我的兴趣的事情呢！"

塞尼亚莫名其妙地检验这个遗书。阿苏金用他的手指着那分开最后几个字的连字符。

"我不是一个什么学者，但是你可以告诉我为什么一个人要用这样一个拙劣的构造的句子呢？"

塞尼亚望着那好像和遗书的其他部分不相称的拙劣的连字符，耸耸他的肩。

"霍洛合林是有一种十分优美的文体的。他竟这样的写法真有点奇怪！"

"你也注意到，"副检察官说着，他的声调意外地高，他的头好像嗅出了捕获物的猎犬一样突出着，"你也注意到这连字符后面的字和其他的字不同吗？"

"是的，似乎是那样……"

"这是可以有的，"阿苏金敏捷地加说着，"因为他已经下了决心自杀，而杀害别人却是一件完全不同的事，他的手也许跳了的，当他终于下了决心……"

塞尼亚茫然若失地望着他。

"我们应当，"阿苏金仓忙地说，"我们应当研究一切的事实，不仅仅把它们记录下来而已！你会注意到我把我的每个结论都重复地研究着：最后的字是不同的。它为什么会不同呢，这是不无理由的……你也注意到这个吗？它是不同的，但是它也许更要不同的！"

阿苏金自满地叹息着。

"我们可以把这个丢在一边。我们可以以着这显著的解释而满足。但是一个脑子里怀了这样的思想的兴奋的人，会造成一个这么离奇的字句，这事你能够说明吗？"

他笑着。

"请你相信我，在那里这连字符很是有点蹊跷！"

塞尼亚望着这个遗书，听着这人的话。他开始感觉到这个连字符的背后真正有些神秘。

"当然光是连字符自身是不会有什么意义的，但是还有其他正一样不可解的事实呀！"

"什么事实？"塞尼亚重新感到了兴趣地问。

"种种的事实！"阿苏金信口说着，装作没有注意到对手方的显著的兴趣的样子，"它们中间并没有比这连字符更重要的。比方：一个人不能够有两支手枪吗？为什么他不？"

塞尼亚耸耸他的肩。

"霍洛合林有两三支手枪。他保存了世界大战的纪念物——一把佩刀、一支来复枪和几支手枪——两支，甚至三支。"

"你想？"阿苏金似乎很高兴的，"他也许打死了那女子，于是一经觉悟他所做的事，他也许会把他的手枪丢了的。什么过路的人可以很容易地捡起它来。警察发现了一支枪便满足了。另外一支手枪也许同时就不见了的。那合不合逻辑呢？"

"是的，这是可能的！"

"但是我们在我们的工作中须得特别留心……我们应该记着人生有时候是要玩弄些非常古怪的把戏的……那善于利用环境的聪明的犯人也是这样！"

塞尼亚带着显然的愤懑把遗书推开。

"听。你还有什么其他的事实吗？这关于手枪的谈论有什么意思呢？"

阿苏金静默地微笑着。他欣然凝视着在他掌握中的秘密。他觉得好像一个魔术师一样：把它露出来，又把它收藏起，把它完全放手，于是又再把它抓住，然后把它摆在桌上——只是一个平常的、清洁的、透明的球而已。

"我看见过许多惊人的事实！"他说，"超自然的事实，难于相信的事实，它们教训了我下结论是非慎重不可的！你不记得在伏尔加河对岸的哥立溪基家的杀人事件吗？"

"不记得。"

"我被委任去调查那案件。一个农夫从市场回来，把他卖的一匹马得来的钱放在桌上，走到庭园里面去了。他的妻，两个孩子的母亲，留在房里，在火炉烧水，预备给孩子们洗澡。她把女孩放在浴盆里，那男孩子在她的背后玩着。男孩子从桌上拿下钱来，把它扔到火炉里。正在这当儿父亲进来了，于是气得几乎癫了，向这男孩子的面前奔来。男孩子跑进走廊，父亲在那里捉住他的两腿，一下就把他打死了。听着叫唤的声音，母亲跑进走廊，搂着她死去的孩子的尸体。当她抱着尸体回到那个房间的时候，她发现她的小女儿已经淹死在浴盆里面了！她倒在浴盆旁边痛心而死了。父亲回到房里来，看见他的妻和他的两个孩子通通死了，走到仓里把自己也吊死了。"

"没有的事啊！"

"这听来好像是没有的事，但是这是真的，我把它证明了！这并不是一个大谋杀的事件——由许多连字符把它证明了！"

"听，"科罗列夫插着嘴说，他为他的未满足的好奇心激怒了，"你为什么尽管谈着连字符，不是什么事情都很明明白白吗？谁管什么连字符不连字符？连字符见鬼去好了！"

阿苏金在椅子里回转头来，笑着。塞尼亚愤愤地望着他，带着严肃的声调说：

"我个人——我们其余的同志也是一样——无论如何都要为霍洛合林申雪……特别是在这种状态之下！"

塞尼亚没有注意在对手方的面上闪过的那满足的神气。

但是阿苏金立刻抑制了自己，于是带着同情的声调说道：

"竭我的能力去发现这事件的真相是我的职责！"

"什么真相？"塞尼亚几乎叫起来了。

阿苏金神秘地微笑着。

塞尼亚望着他：

"你真正相信这个连字符能够使你得到什么结果吗？"

阿苏金不禁微笑着。

"有许多事情你不懂得，但是在我们的工作中，就是简单的连字符也很重要的！听！"他精神焕发地说，"听我说！约莫五天以前我要审理苏达托郊外的一个杀人案件。一个守夜人被杀，一个堆栈被窃去了许多货物……什么线索也没有！在这样的案件中，我们的办法就是讯问所有知道这事的人们，审问所有的嫌疑犯。我们就那样做，已经审问了三个，预备审问第四个。一切都是镇静的，一切的人都睡了，什么可疑的东西都没有……突然我看见摆在床前的一双长靴，擦得格外光亮。——谁的靴？——我问。——我的！——我把它们拿到灯光之下仔细地检验。血有着特别的性质——它差不多无论从什么东西里面都可以显露出来。我看见了许多从靴油下面显露着的小小斑点……立刻命令把那人捕到警察署去——半点钟内他自认了，把所有的同党通通供出来了！这仅仅从一个连字符出发——一双擦得非常光亮的靴！如此而已！"

塞尼亚惊愕地说：

"那真巧妙！"

"那是这样！"阿苏金静默了一会儿，说道，"而现在我们有四个连字符可以依据：第一个在遗书里，第二个在手枪里，第三个在耳房里……当他们施行尸体解剖，把弹丸拔出来的时候我们会有第四个。"

"你到底在说些什么？"

"非常机密的：手枪里面只有一个空的弹壳！让聪明人自己去下结论吧！"

塞尼亚被兴奋吓得呛住了。

"而且，人可以从耳房进来。你知道那个吗？"

"我知道！"塞尼亚大为惊骇地说，"是的，我知道！"

"那么，我们须得要做的就是去实验这个东西！"他指着遗书，"我需要你的帮助。自然我们没有什么设备，也没有什么实验室，但是我知道，由照相的方法，由某种化学的实验，我们可以发现最后的字是不是后来添上的，而这个连字符是不是遮掩了以前点在那个地方的一个句点。"

塞尼亚吃了一惊，阿苏金说：

"我相信如果我们去问伊格利斯基教授……"

"伊格利斯基！"塞尼亚叫道，"当然，他是适当的人！他是一个专门家！"

"对的！我偶然想起了他那篇关于犯罪发现的化学的重要的论文，我相信他是可以借重的人。"

"当然，当然！"塞尼亚尽管反复着，"当然！"

"我们一刻也不要耽搁。"

"当然！当然！"塞尼亚同意着，"就去！我们马上就去！"

他连忙兴奋地跟着副检察官走到门厅，把外衣披上，没有回答立刻围住了他的同学们的种种问题，他匆匆地走出门去。

第四章

小小的心脏的伟大的爱

这个杀人的消息带着电流一样的速度传播了全城。这样的事件是很少发生于一个小小的城市的，因此，不管天气的恶劣、道路的遥远和时间的迟晏，无论什么人都想争先地把这个消息传给家人、传给朋友或传给在电车上偶然和你并坐或是在路上询问你时间的那全不相识的人。

在这城里似乎人人都听到了这个消息，除了波洛夫以外。但是当时波洛夫的离去是被认为当然的事，所以连想也没有人想及他。而且他是住在这城的偏僻的区域，他又没有在酒场里的惯坐的地方。

工厂中的所有的人都听到了这事——甚至于极小的情节。

佐雅两眼哭得通红，在十一点钟的时候走回家来，为着避免她所认识的人们，差不多飞也似的跑过公共宿舍的黑暗的走廊。

她迁移到娃利亚的房间来已经一个礼拜了，有这位姑娘，连这小小的、冷落的、乏味的房间也变得像自己的家一样了。她只望到那里去思想，去休息。

娃利亚正坐在床上，倾听着骚闹的声音、许多房间的叩门的声音、外面说话的声音。她盯眼望着门扉。

　　向娃利亚瞥了一瞥，佐雅知道她已经听到一切了。

　　一瞬间两人都不作声。娃利亚默然无语，于是突然好像再也不能忍受了似的，低声地问：

　　"那么？这是真的？"

　　"是的。"

　　好像她仅仅在等着这个证实一样，娃利亚连忙立起身来，好像她正在预备到什么地方去似的。

　　佐雅惊愕地望着她，娃利亚好像回答着这个无言的问题一样，说：

　　"哦？我马上要到那里去！我要到那里去！我一定要去，佐雅！"

　　"为什么？"

　　一瞬间娃利亚不知道怎样说好。

　　"也许他会需要什么！"

　　佐雅紧紧地握着她的手，使她坐在床缘上。

　　"听，娃利亚，"她严厉地说，极力装作粗暴的样子，"他并不需要什么，而且没有一件事情你能够做的！他已经不省人事了，他们预备给他施行手术，也许他们已经正在给他施行手术。他们不仅不会让你进去看他，而且他们会连医院里面也不得许你进去！不要发疯，坐下吧！"

　　娃利亚抬起她那泪水盈盈的灰色的眼睛。

　　"佐雅！他杀了她？"

　　佐雅耸耸她的肩而没有回答。

　　"那个女孩子，那个女孩子——那个演完戏之后同他一道出去的女孩子吗？是那个女孩子吗？"娃利亚问。

　　"是的。"

　　"他为什么杀了她？为什么？"

　　佐雅沉默着。

　　娃利亚注视着她。

"他们预备审判他吗?"她突然地问,"他们预备审判他吗?"

"也许他会死去……"

娃利亚跳了起来。

"不!不!不!他会被饶恕的!这是不会——这是绝不会有的事!"

"他杀了她!"佐雅突然愤怒起来了,"死在他是最好的事!他惹了病呀!"

娃利亚浮着一个可怕的微笑——一个在遇着同死一样的不可理解的可怖的危险的时候的微笑。

"你是什么意思——惹了病?"她带着一种几难听见的低声说,"他遭了什么呀?"

佐雅转过身去。她没有力量给予这个可怕的打击。娃利亚抓着她的肩。

"为什么他惹了病?告诉我,告诉我!为什么你不告诉我?"

佐雅默不作声。就从这空气中提起了勇气,娃利亚贴近她的脸,低低地说:

"是那秽恶的病吗?是不是呢?"

佐雅转向着她:

"是的!但是不要哭——不要这样难过……"

娃利亚倒在地上,她的腿支持不了她了,她感觉到她好像是一个纸扎的人形,一切都失掉了力量和抵抗力。她的头在佐雅的膝上,她仅仅只有把它搁在那里的气力了。

"你怎么的?"佐雅被惊骇了,"怎么的?"

娃利亚含默着。

佐雅感觉到她好像停止呼吸了。她双手抱着娃利亚的头,忍住了自己的眼泪,恳求着:

"哭吧,哭吧——你会觉得舒服些!"

娃利亚的眼睛依然是干涸的。仅仅一次她跳了起来,向空中举着她的两手，于是呻吟一声，再又倒下了。

"我的小孩！我的小孩！"她重复地说了好几次又沉默了下来。

佐雅抚着她的肩。

"不要这样难过！"

她没有回答。

"你是为你自己担心吗？"

她仅仅点了一点头，并没有把她的头离开佐雅的膝。于是她又低低地说：

"我的小孩。"

佐雅突然理会了这语言、微笑、暗示、梦幻的旋风。她注视着她的朋友的眼睛：

"你将要生小孩子了吗？"她低低地说。

娃利亚似乎仅仅在等着这一句话，她突然恢复了力量和精力。她颊上的苍白消失了。

"我要去！我马上就要去！"

"哪里去？"

"我要！我要！马上！"

现在要阻止她是不可能的了。她把她的头巾结上，披上外衣，于是开了门。佐雅拖住她的衣袖。

"你要到哪里去？你要做什么去？"

可以听见隔壁房里的一个被这骚闹惊醒了的女郎显然是在寻找墙隙四处走动着的那脚步之声。一会儿后她静下来了，显然是在窃听着这边房里的谈话。

"你为什么不说话？"佐雅低低地说，"告诉我！"

娃利亚仰望着。她那空虚的眼睛使佐雅昏眩了。

"我的小孩，"她叹着气，"我的小孩。"

她倚在门扉上。

"佐雅,"她说,极力想镇静下来,"你看见过这样的小孩子没有?"

"什么小孩子?"

"可怕哟!我常常想如果他们没有生那要好多了。如果他们被杀了那要好得多……他们有着大的头……他们不长大……他们不能读书……我有一次看见那样的一个……我两晚没有睡觉……他的手和腿缠在一个结里……谁也不能够把他解开——他号叫着,因为他的全身根本是一个创伤……他们是永远也不会好的……"

想压制她的歇斯底里的低声的谈话,佐雅走向着她,差不多无意识地,娃利亚退缩着,呻吟着:

"我的小孩!"

佐雅不知道怎样才好,她抚着她的手,摩着她的前额,不住地说:

"等一等……我们想一想,然后来决定吧……不要性急呀……"

一个意外的思想从娃利亚的脑里闪过,这个可以从她的眼睛里看出——但是立刻许多其他的思想把它排挤出去了。

"我不能够等待了!这是不可能的!"她向门前走了一步。

"你要到哪里去?"佐雅叫起来。

娃利亚惊愕地望着她。

"我要杀死他!我要杀死他!"她差不多很冷静地说,"在这个世界里不容有这样的动物!他们为什么要被养出来呢?"

她尽管反复着她所说的话,好像是在极力把自己说服一样。于是带着一种果决的动作把佐雅推开,她回转身来,颠扑在门边,于是跑了出来,低声地说:

"我的小孩。"

佐雅抓了一件外衣,一面穿一面跑,跟上她。

门上的黑的门牌开始移动,许多好奇的面孔从门里伸了出来。佐雅一个人也不看地从走廊跑过。

第五章

科学的睿智

虽然人人的脑子里萦回着狗胡同里发生的这个事件，但是山姆森洛夫医生的手术和伊格利斯基教授的化学实验也同样兴奋而热衷地被人讨论着。不幸，这种科学的惊人的成功也完全被日报忽视了，甚至并不给一般民众阅读的我们的大学季刊关于这个也只有少许枯燥无味的记述。

因这次的功绩而成了莫斯科的外科主医的山姆森洛夫医生，在这个手术的施行中把他的天赋的睿智、他的聪明的头脑和他的科学的背景全部表现了。普通一个小肠伤了三处的腹部的伤，是会使这牺牲者缓慢痛苦地死去的。

成功似乎没有可能。手术是在大学的医院里，在许多其他的外科医生和差不多全部的医科教授面前施行，他们都在死的沉默中紧张地注视着每一动作。

不管一切的危险，列席的人的大多数都愿意相信有一个良好的结果。

山姆森洛夫在我们中间已经树立了一个确实的令名。在我们正在叙述的这事件发生的不久以前，一个守夜人颈部被人击伤，非常迅速地被送到这医院来了。

正在那晚当值的山姆森洛夫检验了受伤者，发现了他的大动脉已经断了，于是突然吩咐准备手术室，使得一切在座的人大吃一惊。

"做什么？"手术室的看护问。

山姆森洛夫医生平常是很沉静而和气的，在手术室中他却变得焦躁、易怒和刚愎了。他的易怒完全是对他的助手而发的——他手里的器具好像入了神似的不停地动着。

他的唯一的回答是：

"把它准备好！"

手术室的看护从他的声调中知道，再问也是无益的。

她走进手术室，喃喃地埋怨着：

"鬼又找着了他，同志们！现在对他说也是没有效的！"

几分钟之内手术室就准备好了。受伤的人被抬到楼上来了。只有看护帮助他，山姆森洛夫巧妙地把动脉取出，把血止住，把血管缝合。

受伤的人终于救活了。

后来他在大学里发表了一篇关于手术的专门的讲演。

施行于霍洛合林的手术也是同样地难于相信的，因此，这个消息一经传播，全体医科教授一齐来到了这个外科医术的新的奇迹的前面。

在准备的当中，山姆森洛夫是很神经过敏的，他每隔几分钟就走到走廊里去抽一抽烟，极力避免任何人的谈话。他像平常一样简略地吩咐了看护和外科的助手，但是他们都全然理解了他。

他在依然人事不省的霍洛合林被抬来的时候走进手术室来，山姆森洛夫仔细地检验他的一切的器具。

医学院的教务长华尔斯基老头子，一个非常近视的人，走上前来一步，但是这医生比平常更要粗暴地对他叫道：

"不要挡了路！不要挡了路！"

弄得这老头子非常狼狈地一声不响地退开了。

手术的施行接续了二十五分钟，把准备和缝缀（缝缀的工夫是山姆森洛夫的助手扑克洛夫斯基医生做的）的时间算上的话，那么恰恰花了四十六分钟，带着电光一样的迅速和精锐，这位深堪惊叹的外科医生把小肠破裂的部分割下，把那没有损坏的两端缝合，把弹丸取出，把伤口敷好，于是退到一边让他的助手去完结这个工作。

人人都注视着他的时候的那紧张的状态所做的这手术好像不过持续了几秒钟的光景而已。仅仅一件小小的事把看护们和助手们非常合拍的机械的工作搅乱了：山姆森洛夫是这样出人意料地而且这样迅速地取出了弹丸，使得那看护虽然盘子已经端在手里，也来不及准备了。

山姆森洛夫仅仅向她望了一眼，紧闭了他的牙关——后来那看护自认如果他那时张开了口的话，她也许会吓得晕了过去的。

为着避免大声祝贺，山姆森洛夫并不等到他的助手完结工作就马上跑出手术室，闭在自己的办公室里；但是，当霍洛合林被抬回他的病室去的时候，他立刻跑了下来看一切布置是不是有一个医生和一个特别看护值班。

这就是这惊人的手术的故事。在最后的结果还没有被证实的时候，谈及它的人只有医科里的分子而已。但是，到了第三天的晚上，当霍洛合林的得救是很显然了的时候，大家都开始谈及它了。许多学生甚至到医院来询问，看这事到底是不是一个纯粹的谣言。

这个手术给予我们的印象这样深刻，使得所有的人都忽视了这个事件的可忧的部分——那就是霍洛合林如果被救了，他是一定要受裁判和刑罚的这事实。

但是当人们正在开始想到情形的这一方面的时候，关于由伊格利斯基教授在霍洛合林的遗书上面所施行的化学实验的消息立刻传播了全城。

伊格利斯基教授还是一个非常年轻的人。他留神地倾听着科罗列夫和副检察官的话，非常感兴趣，立刻叫进一个助手，请他们都跟他走进实验室。

时间已经不早了，所有的学生都走了，只剩着一个助手。教授卷起他的双袖，开始工作。

"第一，"他对阿苏金说，"我们须得证实最后的几个字是不是用同样的墨水写上的。"

"这差不多是无疑的事，但是证实一下更好。"阿苏金同意。

教授微笑着。

"是的，没有最后的四个字，这封遗书的意义就完全不同了——这个把它完全变了！我们须得非常留心！"

兴奋地在实验室中踱来踱去，因为在学生们的前面工作惯了的缘故，他尽管一步一步地说明着。

"普通的墨水，就令浓厚不同，干了的时候都要转黑的。眼睛或许看不出不同的阴影，但是照相的底片可以明了地显出墨水中的不同来。"

为他的特殊的工作所兴奋，这个助手很快地从事晒曝。当他正在把底片显影的时候，教授吸着烟，沉思地说：

"如果这些底片不能给我们一个充分的指示的话——化学的反应是一定可以给我们一个指示的。有些墨水涂上酸质的时候就转变颜色，有些墨水涂上苏打的时候就转变颜色，诸如此类。借着这种反应的方法的帮助，我们可以决定这最后的几个字是同时写上的呢，还是后来添上的，虽然这是用的同样的墨水。我们看这底片吧。"

阿苏金不安地等待着。伊格利斯基没有多久就把底片验完了。

"是用的同样的墨水！但是……"他突然转向他的听众，"但是如果你们相信连字符掩蔽了一个句点……"

阿苏金兴奋地点点头。

"那么我们可以用一个比较简单的方法着手。我们就在这个连字符上施行反应，然后让显微照相术来解决这个问题吧！"

这个工作一直持续到差不多天明的时候。但是，结果显微照相术对这疲惫的观众，对这欲睡的助手，对这欢喜的教授指示了无疑地第二次用钢笔在那上面写了的那地方。自然，这次钢笔上面的墨水比标那句点的钢笔上面的多。

塞尼亚望着阿苏金，懒洋洋地检验这些照片，摇摇他的头。

"听。阿苏金公民，"他冷淡地说，"实际上，我们为什么要干这一切呢？"

伊格利斯基教授和阿苏金都带着显然的惊讶望着他，但是都默不作声地等待一个解释。

"霍洛合林自己可以加上这几个字的。你们并不去证明这是用的不同的墨水，或者这几个字是出于别人的手笔。自然，当维娜守着他的时候，他是不能写出'我们两人'的。她会大声呼救，防卫她自己！他先杀了她，然后加上这几个字——这不合逻辑吗？"

阿苏金冷静地点点头。

"我相信我已经承认过真正的人生中什么事情都可以发生的。"

"那么，为什么要这样大惊小怪呢？"

"你知道，"阿苏金忍耐地笑着回答，"你知道，常常有偶然暗合和互相依存的事实的百分之几，也常常有一个荒谬绝伦和不能吻合的事实的百分之几。如果有百分之五十的可疑的事实与百分之五十的确凿的事实相对立的时候，这便表示了怀疑是很有根据的！"

注意倾听着的教授插着嘴说。

"任何可疑的事实的存在都需要一个精密的研究！"

"我们已经有了不少可疑的事实！"阿苏金自夸地说，"虽然每个事实分开来，是可以被人用牵强附会的说法、用偶然做口实而辩驳过去，但是，全部的事实综合起来，是绝不能这么容易辩驳得过去的呀！"

塞尼亚在室中走下。

"那么，更好！不过谁到底有什么理由要杀死维娜呢？"

"那又是一个全然不同的问题。"阿苏金回答。

他又活跃起来了。他对教授道了谢，留神地把照片放进他的文书夹。

"你的第二步怎样呢?"伊格利斯基问。

"这谋杀犯利用了霍洛合林的自杀把这女孩杀了。我们应当探出这个谋杀犯，这人霍洛合林一定知道的。这绝非偶然：这谋杀犯一定和他们同在房里的……"

阿苏金深深地叹口气，加说着：

"如果霍洛合林至少能够苏醒半个钟头的话，他一定可以告诉我们到底是谁把她杀死的!"

"假如他不能够呢?"

阿苏金耸耸他的肩。

"我们须得造出一个她的相识中间的嫌疑人犯表。"

塞尼亚绝望地摇摇他的头。这兴奋、这从确信到疑惑的不绝的变化使他疲倦了，他默默地和教授握握手，于是不作一声地随着阿苏金走出室来。

第六章

共产主义的道德的恢复

阴郁的神秘笼罩着全城。鲜明的、晴朗的六月的日子，虽则它们并不能够给予这个神秘以一线的光明，似乎是难堪地酷热和炫耀。谈话的唯一的题目便是伊格利斯基教授的实验。人人都相信科学的万能，因此用显微照相术而犹不能讦发谋杀犯的名字，那真有点奇怪了。

解剖的时候从尸体中取出的那弹丸有着一个相异的口径：这似乎是霍洛合林没有杀死维娜的有力的证据。

常常为骇人的消息，犯罪的事件，乃至侦探的故事所激动的城里的人马上赞扬起霍洛合林来了。用就在几天以前他们加霍洛合林以杀人犯和罪人的污名的那同样的确信，他们现在把杀人犯怎样在霍洛合林的面前把维娜杀死，因了他的爱人的死他怎样地不忍独生，怎样地自杀了的这许多捕风捉影之谈辗转相告。他们说就是怀疑霍洛合林有罪都是岂有此理的。

但是真正的解决是无从看见的。人人都探索着它，人人都等待着它，人人都谈论着它，但是它是不能够寻觅到的。为着热心探求这个解答的缘故，全城的人都参加了维娜的葬仪。一般人都相信着这样的事情也许会发生：那就是这杀人犯，不堪其苦，也许会痛哭流泪，当众自首。

一个消息，虽然是和所期望的完全不同，传到了墓场的群众，给了大家一个失望的震撼。

尸体在第四天埋葬。

清晨，灵柩由毗连着在那里施行这个解剖的那解剖室的小小的大学陈尸所里运了出来。

从大清早起一个庞大的人群站在门边，充满着中庭，践踏着花卉，啜嚅着，嗟叹着，谈论着。

虽然庞大的集合是预料中事，但是对这个事件所表示的实际的关心出乎一切的意料之外。行列的引导者简直不够，音乐队只得从人丛里挣扎前进，于是当灵柩从门边出现的时候，群众把学生的警备冲破了。一时，似乎次序再也不能恢复了。

科罗列夫的声音枯哑了；苏里奇努力用他那阔大的双肩把群众排开之后，弄得筋疲力尽了；恰在这时从工厂里走来的佐雅不能挤进中庭。仅仅当行列已经来到街上了的时候，当一切已经恢复次序了的时候，她才走到灵柩和塞尼亚的旁边来。

当他们并肩走着的时候，塞尼亚向她微笑。

"你很疲倦了吗?"她低声地问。

仅仅是这个问候已足使他恢复元气了。他耸耸他的肩，把胸挺直。

"不，一点也不……你看这人群啊!"

"这真可恶，因为这只是出于一种病态的好奇心而已。她是多么美丽呀!"她突然加说着，盯眼望着那正在他们前面、在扶柩者的手里摇动着的无盖的灵柩。

许多的花掩蔽着灵柩，垂在灵柩的四边，正在落到地上去。花差不多完全把维娜一点也没有变化的面孔掩蔽了。太阳照射着死的苍白，闪耀在皮肤上，使得皮肤看来好似大理石一样。

"霍洛合林怎样?"佐雅突然问。

塞尼亚摇摇他的头。

"一刻一刻地更加不省人事了! 那病似乎是他自己想出来的!"

佐雅站住了。

"你是什么意思: 想出来的?"

"正是那样! 检查给了一个否定的反应，他走去请医生验病而不等到听了结果……蠢得该死!"

佐雅痉挛地抓住塞尼亚的手臂。

"怎么，怎么一回事呀?"

"你怎么的?"他问，为她的激动所惊骇了。

"怎么的!"她气喘喘地叫道，"怎么的!? 娃利亚怎样!? 她打了胎! 她不愿意把一个病的孩子生在这世界上……她几乎疯了!"

塞尼亚只得摇着他的头，叹着气。

"我不能够阻止她! 她就是那一天的晚上走去请一个产婆看了……于是她把一种什么药喝了两天……可恶呀……"她战栗着，"可怕呀……于是她在昨夜跑了出去，一直到今天早晨才跑来。一切都完了!"

"什么产婆? 你为什么让她这样做?"

"哦，你说哪里的话! 她几乎疯了! 进医院是不行的——女人们成行地在等着!"

"城里的医院不行吗?"

"哦，她相信那个产婆呀——人人都推荐她! 她在那块地方有一个很好的名声!"

塞尼亚咬着牙关，再也不讲什么话了。最近几天来郁积在他心中的那难禁的愤怒时时有爆发之虞。他的两眼充满了他并不想要掩饰的愤怒; 他睨视着一切的人们，好像他们都是他个人的仇敌一样。当安娜跑到他的面前这样问他的时候:

"科罗列夫,你有讲演人的名单没有?"

"没有什么名单!这个时候我们不要让每个蠢猪起来讲演!"他粗暴地回答。

安娜喃喃地念了些什么走开去了——严酷的对付对于她似乎有一种好的影响。

"哪个演说呢?"佐雅问。

"我要演说!"他带着一种这么果断和意义深长的声调回答,使得佐雅马上变得兴奋而满怀着希望了。

在这难堪的几天中,塞尼亚大踏步地前进。他取得了大的影响,人人都期待着他的说话。在行列达到墓场之前,一个人群已经聚集在新开的墓穴的周围了:他们不仅要看,而且要听。当灵柩放到地下来的时候,人群几乎又一度冲破了学生的警备线。树上、十字架上、墙垣上——到处都是人,光着的头随处可以看见。

彼特罗娃是在灵柩的旁边演说的唯一的人。

她带着微弱的声音非常短促地说了几句,她的眼泪比她的言语更要动人。

仅仅当灵柩已经在葬式进行曲的音乐中放进坟墓去了的时候,塞尼亚才开始说话。

他果决地走上那泥土把他的脚埋到踝骨上来的新的坟墓,于是在学生的歌队唱完了《永远的纪念》之歌以后,他低声地开始了:

"同志们!我没有在灵柩的旁边说话,而选了这个特别的时候来说话,因为我所要说的话是关于生者而不是关于死者的!"

这个开场白引得群众更加靠近了演说者的周围。

"同志们!"他继续着说,当群众的骚动静止下来了的时候,"普罗列塔利亚革命的意义第一是在于个人的人格的觉醒!不管它的方法的残酷和无情,革命的意义是在人间性的觉醒;它的力量是在对自己和别人的品格的尊重;它的成长是在对弱者和被压迫者的同情!革命如果不能帮助那受的压迫比任何男子都要深重两倍三倍的妇女去走上一条个人的和社会的发展的大道的时候，不能算作革命！革命如果不对小孩子加以注意的时候，不能算作革命。他是未来的主人，只有在他们的名义之下这个革命才有意义！"

好像鼓起力量准备进攻似的，他深深地呼吸了一下。他的眼睛异样地闪耀着，望遍了所有听众的面孔，于是他突然抬起头来，热烈地高声说道：

"但是，同志们，在假装和布尔乔亚的意识斗争而实际不过是小布尔乔亚样式的无政府主义的，而且和革命、马克思主义、共产主义，或者和我们的新的生活完全没有共同之点的那危险的放纵的氛围中，我们可以创造一种建筑在相互的尊敬、自我的尊敬、同志样的妇女的平等、对小孩的真实的照顾的基础上面的新的生活吗？不，这是不可能的！"

群众中的一个小小的动作都没有逃出这位演说者的注意。这好像提醒了他什么事情似的，他连忙继续着说：

"同志们，我们已经聚集在这里目击了一个可怕的悲剧的最后的一幕。就在几分钟以前埋葬了一个同志的尸体的我们去记取这幕悲剧的根源是很重要的！我们还不知道罪人是谁！他是我们中间的一个吗？他是另一阶级的人吗？它的原因是可恶的嫉妒的感情，或者是爱人的复仇，或者不过是盲目的不能抑制的热情吗？无论怎样，真正的原因是在于性的放纵，在于原始的动物的感情，暴露了在石器时代指导着人的生活的那永远的兽性的感情！"

塞尼亚把话停止了，于是带着不可名状的力量、傲岸和热情把他的头掉到后面去。在这个时候，在我们中间许多的人看来，他简直好像是一个伟大的领袖，一个痛斥他的国人的萨服那洛拉一样了。这并不是因为他的姿态中有什么绝欲的模样。相反，他那站在新土的坟堆上面的强壮的、健康的身躯给了人们一种力的感觉和生的挚爱，他那带着皱纹的粗野的容颜引起了那样的印象。

"我们不是小孩子，我们不应瞒过自己，我们应当直视真理！现在我们应当觉察到性的放纵只能把我们引导到一条没有唤醒个人的希望的，不能扶助弱者的，没有妇女平等的希望的，不能给孩子们一点什么的，不能给革命以一点益处的道路！你们不能看见把人们拖到这条路上去的那可怕的锁链吗？你们不能看见对布尔乔亚斗争与失掉自制和忘却男女间爱的意义两者的不同吗？你们不能看见我们披着唯物的世界观的外衣已经使个人的经验的不尽的财富跌落到仅仅满足肉体的欲望的低低的水平线了吗？我们分析我们做的事情吧！这条路会把我们引到什么地方去，不是很明了吗？我们不必寻找答案——这个坟墓和就在此刻科学正极力营救的那个男子的阴影已经给了我们答案！"

塞尼亚垂着他的头。他兴奋得喘不过气来，他的闪耀的、聪慧的眼睛什么也没有看。听众们也深深地感动了。灿烂的太阳的光，或是他们头上的快乐的麻雀，或是维娜的父亲——整整的一天没有出面的一个跛脚的老人——的哀号都没有涣散那许多青年面上的集中的注意。

"现在，我要再问你一个问题，同志们，"塞尼亚带着一种忠实的声调继续着说，他稍稍走近他的听众以加重声调，"如果科学把霍洛合林救活了的话，会只有他一个人这样地问'我怎么办'吗？不，不仅仅他一个人被这些事件深深地感动了，不仅仅他一个人和我们这个悲剧有关，不仅仅他一个人与这个问题利害攸关，而且不仅仅他一个人亟要寻求解决！这是我们大家的问题！如果我们不能解决它，大难便会降临到我们的头上，而我们解决它的唯一的方法便是努力实践列宁自己的话——我们的问题是在教训我们自己成为共产党员，青年的养成和一切的教育应当有共产主义的道德当作它们的中心这事是必要的！"

听众的注意差不多可以感觉得到。塞尼亚停止了一会儿，于是又继续说：

　　"歪曲着话的意义，布尔乔亚们老是想把沙子撒到工人和农民的眼里去，他们硬说共产党员是不相信道德律的。这是造谣！我们知道我们有共产党员的道德律，而且共产党员都是道德的！布尔乔亚的道德律是建立在敬畏上帝的基础上，但是我们十分知道布尔乔亚为什么少不得这个上帝，以及布尔乔亚的道德的根底是什么！我们的道德有着完全不同的性质——它们是伟大的阶级斗争中的一样武器！共产主义的道德是服务于反对榨取工人阶级的战争中的一种组织！我们的道德的目的是帮助革命，帮助发展共产主义：帮助革命的东西——是道德的；阻碍革命的东西——是不道德的，而且是要不被容许的！"

　　塞尼亚停止了，把他的头避开那刺着他眼睛的太阳，于是高声地说：

　　"从我们的阶级的观点——唯一的正确的观点——看来，凡是使得斗士的我们衰弱的，凡是把我们要建设新的世界的那意志弄得薄弱的，凡是妨害我们对于真理的追求的——都是不道德的！如果在很早的年龄开始而终竟流于性的放纵的那样的性生活伤损我们的精神的和肉体的精力，毒害我们的意志，引导我们走进一条男女乱交的黑暗的邪径——那么，这就是不道德的！而相反，抑制我们的性欲，战胜露骨的性的本能，用同志样的态度对待你所爱的女人——这些便是在男女关系上的最高的共产主义的典型！这便是和从前腐败的布尔乔亚社会的道德相隔不啻天壤的我们的道德的基础！"

　　太阳渐渐地升高了，鸟叫得更加喧噪了，微风正在把中午的热气和讲演者的苦味的言语吹到听众兴奋的面孔上。

　　我们城里从来没有过一个群众集会像听在这新的坟墓边缘上的科罗列夫的演说一样注意地听过一个演讲者的话。这个注意一直到最后一句话的时候都没有衰退，甚至就在附近举行的另一葬式也没有把它涣散。间或有一个人向着他的邻人的耳边低语。

　　在这墓场上，在炎热的太阳下，在把塞尼亚的言语的一部分吹散的那风中，在有时把他的声音全然淹没了的那远处的骚音里，要集中注意是非常困难的，但是这个特殊的背景反而增加了每句话的锐利和意义。

"同志们!"塞尼亚在结束了，"亲爱的同志们! 无力的哀诉不是我们的事，绝望和徒然的诅咒不是我们的性情——我们是为斗争而生活，因此，如果说敌人已经侵入了我们的内心，我们就得在那里和他搏战! 或许今日之事对于我们中间的许多人会成为一个涤清的雷雨。没有它，田园会长此荒凉；没有它，新的生活会成为不可能! 这样，这个可怕的牺牲也许会有意义吧! 同志们! 我们有着为生者的工作!"

塞尼亚垂着他的头走下坟墓。群众两边分开让他走过。人人都似乎被他的话震动了。这些话是永远也不能忘记的。像巨大的重块一样，它们已经落在每个人的肩上了。

最后，有人把苏里奇推到坟墓上去。他是要代表非职业剧团演说的。他在坟墓上停了一会儿，仰望着天空，摇着他的手，于是一句话也没有说地重复走了下来。

没有一个人笑这动作，显然人人都理解而且同感。几分钟后，当安娜丽金斯奇想要说话的时候，他们却不愿让她吐露一言。静静地，群众开始解散了。

正在这个时候许尔曼——霍洛合林的朋友，他是在医院里看护他——挤到了塞尼亚站着的地方。塞尼亚热望地迎了他。

"哦? 什么消息?"

"他苏生了!"许尔曼回答。群众立刻围住了他。

"哦? 还有什么?"

许尔曼用他的两手做了一个绝望的手势，痛苦地吞咽着，说：

"他自白了!"

"他自白了什么? 他说了什么?"

"他说——是的，我杀了她。"

　　一切的头垂下了，群众变得非常沉默了，人人都好像退缩开了。在那天的中午，许多光着的头都暴露在那炎炎的烈日之下。在那夏天的热气之中——一个坟墓的冷的流正在使得每个人都心为之寒。

第七章

苏生后的审问

到了第四天末，那集中在霍洛合林的病室的周围的兴味达到了它的绝顶。

访问者的数目不绝地增加着，其他病人渐渐地变得不安了，当值的医生也变得心慌意乱了。

小小的雀斑面孔的许尔曼自荐为霍洛合林的守护者，当他带着兴奋的声音这样力争着的时候，医生们只得让他留在这里：

"当他随时可以恢复意识的时候，我们怎么可以离开他呢？他也许会再这样做……他也许会撕掉绷带！谁知道会发生什么呢？"

认为这个病人是一个特殊的外科实验的山姆森洛夫医生，同意一切许尔曼所说的话，甚至吩咐在这病室里派一个特别看护值班。

霍洛合林并不是全然在无意识中。有时他似乎可以看见而且理解在他的周围发生着的一切事情；但是这些意识的瞬间是这样短促，简直使得他的脑子来不及把过去和现在连接起来。他细心地审察他的周围的一切，有一次他甚至对许尔曼微笑，但是当许尔曼正在开口说什么的时候，霍洛合林早已浑身战栗，再一度沉没于无意识的状态中了。

正在第四天的中午时候，霍洛合林打开了他的眼睛。天气是晴朗的，炎热的阳光从窗帘底下射照在他的面上。灿烂的日光使他低了他的眼睑，许尔曼想着这又是一个意识的瞬间，不耐烦地立起身来，走到窗前，把窗帘弄好。他在窗前站了一会儿，懊悔着在这样一个美丽的日子里他竟不得不坐在一个不通风的病室里面，突然他很清楚地听见有什么人在叫他的名字。

他回转身来，一眼也不望霍洛合林，四围望着那个叫他的人。确信他并没有听错，他望到这病人身上了。霍洛合林两眼睁开着躺在那里，凝视着他，许尔曼吃了一惊。

"到这里来！"霍洛合林带着一个清晰的声调说，"请坐！"

许尔曼拖了一把椅子拢来。霍洛合林的声音已经变了，变得声嘶力竭了，许尔曼想到这时候说话在他是很困难的，俯下身来，以便他可以低声说话。

许尔曼想不出要说的话。但是霍洛合林非常低低地但是全然意识地继续着说：

"听，那么我真的被救了吗？"

"是的！山姆森洛夫施行了一个巧妙的手术！你又会好了！"

"维娜死了吗？"

"不要苦恼，不要想，不要谈它吧！"许尔曼阻止着他。

霍洛合林焦急而执拗地打断他的话头，提起他的声音：

"如果你不答复我的问题，我更苦恼呀！告诉我：她死了吗？"

病室里如死一般寂静。其他的病人在他们的床上举起身来。看护走出病室，她的脚踵在地板上嘀嘀嗒嗒地响着，跑过走廊。

许尔曼点点头：

"是的，她死了！今天他们正在举行葬式……"

"哦！"霍洛合林似乎惊骇了，"我在这里多久了？"

"这是第四天！"

"只有四天吗？我并不想杀她的！"他静静地加说着，"这是偶然发生的，不是出于我的本意……"

他闭着他的眼睛静默下来了。许尔曼再也不能忍受这个疑团了，忘了他的医生的规矩，问道：

"听，你……你杀了她吗？"

霍洛合林又打开了他的眼睛，带着显然的惊愕望着他，但是这样沉着使得以为他也许还在神志昏迷中的那一切疑虑都消散无余了，于是回答道：

"是的，我杀了她。"

许尔曼吃了一惊，再也不问什么了。正在这个时候值班的医生和看护走了进来。许尔曼在旁边站了一会儿，于是带着这个惊人的消息走到墓场去了。

虽然霍洛合林已经恢复了意识，但是他还是处在虽觉察一切发生的事故，但除了热度、安适和饥渴外对于一切全是漠然的那样的病人的状态之中。他不安地喝了一杯热的牛奶，但是全然漠不关心地回答着医生的这个问话："你可以和外边的人谈话吗？"

"如果必要的话，我可以谈话的。"

"我们的责任是，"医生带着一种困惑的声调说，"要让长官们知道你的病态的所有的变化……"

显然霍洛合林是期待着这话的，因为他一点也没有表示什么惊讶的模样，马上就回答：

"让他们进来吧！我要把一切告诉他们……我一切都记得……我很懊悔我没有死去……这是很困难的，"他微笑着，"第二次再去死是很困难的！我并不想杀死她的！把这个告诉所有的人吧！我决不说谎！他们知道！"

"大家都是这么想哩。"医生回答，把看护留在这里，从室里走出去了。

一小时之内法官到了。这个审理是委托于我们的年轻的区副判事波里苏夫，一个聪明的能干的人。他非常细心地检阅着一切由副检察官和警察交来的材料，而他自己又由于亲自询问维娜和霍洛合林的一切朋友而增加了不少的材料。三天之内他知道他们的生活像他们自己所知道的一样多。

他没有带文书夹，也没有什么法官的记号地来到医院。他拖上一把椅子，好像一个老友一样，询问着霍洛合林的健康。霍洛合林没有立刻猜到他是什么人，仅仅当波里苏夫将他自己介绍的时候，这病人才知道了这是什么人。

"就是你吗！他们告诉了我你要来的！"霍洛合林说，"我要告诉你一切！"他沉默了一会儿，于是开始带着一种兴奋的声调说："这种新式的手枪真可怕极了！无心之中，稍不留意就有发射的危险！我这样说，是因为这事只是偶然发生的！我疯了。我请医生验了之后就马上跑去会她……"

波里苏夫打断他的话头：

"这些细节我们随后再谈吧。现在我只要知道几件最重要的事——仅仅两个或三个问题……以后我们会要正式审问你的，而且会要请你作篇供状的，但是现在这是不必要的。最重要的地方就在这里：你是用那同一手枪射击你自己和那女孩的吗？"

"当然！"他回答。

"那时再没有旁的什么人在房里吗？"

"见证吗？"霍洛合林痉挛着，"没有，没有一个！但是我可以告诉你这是怎样发生的。我记得一切！我绝不说谎，而且也绝不愿意说谎！"他更加兴奋了。"我并不想表白自己……我只是想告诉你这事是怎样发生的！如果我要因此而被处死刑——现在我就在等着！"

区副判事好不容易使他镇静下来。

"我要告诉你我为什么要问你这些问题。我们发现的那手枪里面只有一个空的弹壳！从那女孩的尸体中取出的弹丸又有着一个不同的弹径！"

霍洛合林好像一句话也不懂似的谛听着，带着显然的恼怒闭上眼睛。

"荒谬之谈啊！你一定弄错了！"

波里苏夫微笑着，开始带着一种失当的兴奋力而激动着。

"好！只问一个问题了。我不愿意弄得你过度疲劳。你留了一封遗书在桌上吗？"

"留了的。"

"如果你什么事情都记得这样清楚，也许你完全记得你所写的字句吧？"

"我完全记得。"

"写了些什么呢？"

"让我逐字念给你听：'这样生活下去不行啊。最好死去吧。'"

"还有别的字吗？"

"不是够了吗？我感觉得那样，因此我便那样地自己表现出来！我写下它是因为我想自杀。当我已经写下了这个的时候，我便不能不实行了……下决心是非常难的呀……无论在什么情况之下，没有这封遗书，也许，我会不能自杀，但是我已经把它署了名，把它宣告了！"

波里苏夫被他的话弄得非常兴奋了，但是没有说什么，让病人镇静下来。群集在门口的其他的病人和使用人，因为恐怕破了这个静寂的缘故甚至连呼吸也不敢呼吸了。

"再有什么事你要知道吗？"霍洛合林问。

"再有一个问题，仅仅一个：你知道这女孩的相识的人中间有谁能够模仿你的字迹吗？"

"我不知道！"

区副判事拭拭他的额。这大大地被预期着的霍林合林的讯问似乎还是不能够把这一件好像非常简单的案件弄清，但是，相反，使它愈加复杂了。

"你确信你杀了她吗？"波里苏夫突然问道，再也不能够忍耐了。

"是的，我杀了她！"霍洛合林回答，"你不要以为我是不知道我所说的话的！我不是已经把遗书上的字句丝毫不爽地念给你听了吗？"

"不！"

霍洛合林想挣扎起来，但是马上被看护押住了。他非常惊讶地望着波里苏夫。

"我错了什么地方？"

"你写的是：——这样生活下去不行啊。最好死去吧——我们两人！"

"把遗书给我看！"霍洛合林叫起来了，"我绝对不会写那个的！那个我连想都没有想过！我写什么她都看见了的……把遗书给我看吧！"

区副判事从容不迫地从他的怀中记事册里取出遗书来给霍洛合林看。这病人望着遗书，好像在感受着一个剧烈的内在的苦痛一样把眉蹙着。

"我没有写后面四个字！"

"那么，谁写的呢？这难道不是你的手笔吗？"

霍洛合林再又望着遗书，但是没有立刻回答。

"这很像我的笔迹！也许，"他觉得很难说，"也许当我失掉了知觉的时候把它加上的？也许这是一个恶作剧？但这是无关宏旨的，无论如何——我是不想把我自己辩白的！"

波里苏夫耸耸他的肩：

"你把你自己射击之后还能写什么东西吗？"

"我不知道！"

"或者你相信会有笔迹这么相同的两个人吗？"

"波洛夫教授的笔迹和我的非常相像。我们比过一次——没有人能够辨别得出！不过那也没什么稀奇，也许那是我自己写的，虽然我记不起来了，虽然我没有什么理由要写它……"

但是在区副判事的脑子里单是波洛夫的名字的提起已足把一切的事情颠倒过来。这好像有什么人突然用一种巨大的力拖着绳子，于是带着神奇的速力，球在开始解开了。

波里苏夫立起身来。

"再有一个问题：你可知道那个房间有个后门吗？就是说你知道在那耳房里有一个门吗?"

"我不知道。"

"这个暂时够了！我盼望你快点痊愈。也许你好了的时候，我们不要审问你，反而我们或许可以告诉你关于这个案件的许多事情!"

区副判事擦着他的手，微笑着走出门去，显然对于这个讯问的结果是非常满意的。霍洛合林漠然地闭上他的眼睛，马上睡着了。

第八章

最后的牺牲

佐雅回家的时候已经夜深了。娃利亚睡在床上。她朦胧地望着佐雅，抓着毛毯，极力想蒙着她的头。

"怎么的？你怎么的？你好些了吗？"

娃利亚的喉枯干了——她的声音刚刚听得见。

"不！不过又一次出血罢了！"

"娃利亚，这是非常危险的呀！"

"不，没有什么！她说我要流一些时候的血。她说我打胎过迟，这差不多像分娩一样……而我的乳房，你瞧——它们像石头一样硬……"

佐雅不懂得她在说些什么。娃利亚嗫嚅地说："有乳汁了！"于是突然带着一种绝望的痉挛的颤动瑟缩着，把毛毯拖得盖过了她的头，低声地说："我的孩儿呀！"于是被歇斯底里的呜咽呛住了。

佐雅在床边坐下。她把她的手臂围在娃利亚的肩上，她把毛毯卷起，她极力想和她谈话——娃利亚在她的手臂里颤动着，极力想忍住她的眼泪，终于把牙齿紧紧地咬住枕头，静了下来。

佐雅静默地坐在床上。她不想说话——她恐怕泄露了真相。她真是无法可施。她咬着她的唇；时时，在她的心里感到不寒而栗，在她的颞颞里感到一种锐利的疼痛，她立起身来，在房里四围走着。

"我不该告诉她的！我不该告诉她的！"她无力地对她自己反复着说。

"给我一点水！"娃利亚说，"你睡吧！"

佐雅取了一杯水来。

"不要操心，我就会睡的！"

"不要就会——马上睡下吧！你今天只有上午做了工！你要留心，这里他们都是很严厉的！"

"我明天把它补足就是！这并不是偷懒——我是有特别的准许的！"

娃利亚执拗地推开她。

"睡下吧，睡下吧！我们都睡吧……你想明天我可以做工去吗？"她带着一种害怕的声音问，"我只希望我能够睡！我要挣扎出去！躺在这床上真是无聊啊！"

佐雅脱了衣，灭了灯光，躺在她的床上。

"再不要对我提起他的名字了！"娃利亚低低地说，"只有一件事：他死了吗？"

"没有。"

"如果他死了，告诉我，但此外再不要讲什么了……"

"是的！睡吧！"

娃利亚静了一会儿。这屋子里，这房间里的一切都是静静的。从窗外的街灯射进来的白色的闪烁的灯光照遍了全室。日夜不停的工厂的迟钝的喘息变得更加清晰了。佐雅紧张着，倾听着那合了远远地在工厂里面回转着的机器的拍子震动着的墙壁。

娃利亚突然大笑。佐雅惊了起来。

"为什么我决定这是一个男孩子呢？"娃利亚问着，带着一个很大的不自然的声音笑着，"也许，这是一个女孩？"她狂想地补充说。

"娃利亚！"佐雅叫着，"娃利亚！娃利亚！"

一两秒钟没有回答，但是当她回答的时候，她是带着一个空洞的、微弱的声音：

"什么？什么事？"

"为什么你不睡？"

"我睡了的！我睡了的！"

"不要想什么，睡吧！"

一种好像有声似的静寂又一度充溢了这房间。

佐雅努力注视那在天花板上蠕动着的阴影。她不愿意想到那盖着花的灵柩，她只愿意忘记那眼睛半闭着的死者的平和的面孔。

蠕动着的阴影终于把日间的印象排出她的脑海了。她没有注意就睡着了，她一弹就惊了醒来，好像她仅仅睡了一会儿似的。

清晨了。杯盘在隔壁的房子里叮当地响着。娃利亚躺在她的床上——在唱着歌。不晓得她的朋友怎么的了，佐雅跑到她的床边。

"你怎么的？你疯了吗？"她叫道。

娃利亚的板滞的、闪耀的眼睛，一点也不动。她唱不出什么节调来，尽管她的枯焦的嘴唇反复着一个歌的词句。

"你听见我吗，娃利亚？"

佐雅把她的手放在娃利亚的前额上，极力想把她的头转向她。前额是发热而干枯的。佐雅叫道：

"娃利亚！娃利亚！你怎么的？"

娃利亚的眼睛变眩了，一瞬间眼睛里闪着一种疲倦的意识的痕迹。

"娃利亚，你为什么在唱歌？"

"我在唱给他们听……他们要求我唱！"

"他们是谁？谁要求你？"

"男孩和女孩们……"

"什么男孩和女孩们？你怎么的？"

娃利亚带着疲倦的声调回答：

"你似乎不懂得！这里没有一个大人——这一切都是理想！只有男孩和女孩们……"

"哪里？"

"你不知道吗？"她非难地问，"我们都在火星上面！佐雅，你不懂得！请你不要管我吧……"

佐雅紧紧地压着她的颧颊，慌慌张张地，连忙把衣服穿起。她叩着她的邻人的门，站在外边说：

"请到我们的房里来！我要到医院里去！——娃利亚在讲呓话呀！"

当佐雅在半小时之后同着一个前来诊察的看护回来的时候，她发觉女人和小孩的群团团围在她的朋友的床前。

他们在看守着这病的女孩，互相耳语着，摇着他们的头。仅仅当看护到来的时候，他们才表示了一点帮忙的意思。

"我能够做什么呢？我能够做什么呢？"佐雅不和任何人招呼，尽管反复着说，紧握着她的手指，注视着娃利亚的面，她的狂热的闪耀着的眼，和她的不断地颤动着的嘴唇。

看护极力把佐雅镇静下来。

"一切必要做的事我都会做的。我们会把她抬到医院里去的，你最好上工去吧——不然的话，我们又会要来看护你呀，你知道！去吧，请！"

佐雅走了。在她用午膳的时间，她到医院来了。挂着一条白色帷裙，把眼镜搁在额上，医生走出见她。他似乎是正在等待她似的：

"她有什么亲人吗？"

"没有，一个都没有。"

"哼……哼……一个都没有？"他再问着。

"一个都没有！她需要什么吗？也许我……"

"不，她并不需要什么，但是病似乎很危险。这是一个坏血症。"

佐雅恐怖地凝视着他。她的圆圆的眼睛充满着恐惧。医生望着旁边，开始用指头在桌上敲着。

"这个堕胎是什么人施行的?"他突然地问。

"我不知道!"

"是在这里还是在城里施行的呢?"

"这里。"

"我只要告诉你我已经报告官厅去了。你须得做证。你不能像那样掩蔽事实。记着一个小孩，纵令没有生出，是在国家保证之下的!"

佐雅服从地倾听着他所要说的话，于是带着一种绝望的声调问:

"她会死吗?"

"我不是预言家! 而医学也还是不能够起死回生!"

他转身走了出去。佐雅浑身颤抖地从医院里走了出来。直到晚上她在工厂里分类着的棉花被她的眼泪浸湿了。她得了使用事务所的电话的许可，她打了一个电话给塞尼亚。他和平常一样约定了礼拜六来看她。

但是，到了礼拜六，娃利亚已经躺在一个在那炎热的阳光中发出一种特别的松脂芳香的松木棺材里面了。娃利亚的脸起了皱纹，她好像非常老了。

第九章

真犯人的自白

对于逮捕被告发为维娜瓦柯夫的谋杀者的波洛夫公民的我们的地方检事的请求，耶尔泰的警察回答说他们不能履行，因为波洛夫公民已经自杀了。

但是还在这正式的回答成为周知的事实以前，大学的心理生物学会已经接到了波洛夫的信。

这封信以前从没有公表过，虽则它被这学会的会长沙门华杜夫教授用做了一篇论文的材料。但是这篇论文登载在大学刊里，因此没有为一般的大众所看见。

同时地方检事事务所也接到一封信，这封信足以停止霍洛合林以后的审讯，而且加以耶尔泰警察的公务的报告，使得这案件以后的任何步骤都成为赘疣了。

这两封信虽然性质上根本不同，但常常被一般的大众混淆着。地方检事接到的信不过是对于在那悲剧的晚上维娜的房里所发生的事件加以说明的一个公开的自白而已。

这一封信被公布了。

心理生物学会接到的信在和这个案件的其他的心理材料的关系上是这么重要，使得我们认为把它全部引在这里是必要的。

这封信是用一种很坏的墨水精致而清楚地写在一张朴素无华的信笺上面的。

信是这样写的：

亲爱的同志们：

在我写给地方检事的信中我已经把一切紧要的事实和必要的细节开陈了，我，同时，认为在我现在的心情状态之下尽我的可能把在这个犯罪之下的心理事实不偏不倚地叙述出来是必要的。

第一我得自白：在我没有从朋友们和新闻纸上得到霍洛合林已经得救，而他正在被刑事治罪所威吓的这样的报告以前，把我自己看作一个杀害者，或者觉察我已经犯了罪而我非得受罚不可的这一类的事从没有浮现在我的脑海过。

这也许好像难于相信，但是这是事实，而且我相信我可以说明给你们听为什么我对于这事是那样地觉得。

无疑地，你们会同意我的这句话：从心理的和文化的观点看来，放荡的主要的危险是在于复杂的性的结合的颓废和动物的生活方式的再发。

这个我有一次曾经极力对霍洛合林说明过。但是，当我听了他和维娜最后一次的谈话的时候，我才知道他并没有了解我的话的意义。

性的冲动，孤立着，带着它那可怕的力量和威力浸透到脑髓和肉体的各原子中，使得人们对于其他一切人间的兴趣都淡然了。纯粹的性欲不会伴以任何的情感，而且不会变成像恋爱者一样的情绪——甚至对于性欲的倾向的对象连一点怜悯的心情也没有。

我再说一遍我并没有感觉到我是杀害者或犯罪者。我被我和这女子最后的谈话弄得兴奋了。我躲藏着，预期着我的计划的实行而弄得兴奋了。我恐怕我被注意，但是我从开着的门里放枪，留心着选择一个这枪声的方向很难发觉的时间。

自然，如果我被发现了的话，我会把他们双双杀死的——遗书已经摆在桌上，而他们是在我的掌握之中。这个幸运的暗合使我不得不就在那时了结一切。我确信霍洛合林是没有打算把她和他自己杀死的。当他取出他的手枪的时候，我的手枪已经在我的手里了。他为着威吓举起他的手枪——我就为着杀人而开枪了。他们都是这样的慌张，他们简直没有注意枪声是从何而来。当霍洛合林一经确信他已经杀了这女子的时候，他就把枪头掉向自己。

我是带着山姆森洛夫施行救活霍洛合林的这个手术的时候的同样的冷静和悠然的态度实行这个谋杀的。当邻人们停止了叩门，跑去叫警察的时候，我还是够冷静地走进房间，把那变更了全部的意思的四个字加在遗书上面。当我躲在那里的时候我专门在想着这个细节，因为我知道我们的笔迹是怎样的相同。

我有一个理由可以作为把我自己同山姆森洛夫比较的口实。我是在施行一个救出我那自信可以有用于社会的生命和脑子的手术。

仅仅当我做完这事之后，我才觉察我几多的精神的力量被消费了。

我的头昏了，我的眼睛看不见什么。在那里没有霍洛合林，没有任何人，没有世界——仅仅我那恋爱过的女人的尸体。几许理智的断片使我恢复意识了。我离开了。

许多外界的力使得我离开这城，准备去实行我那新的生活的计划，那是我替我自己细心地计划出来的，或者，说得正确一点，那是我那和诸君同样的科学家的素质替我计划出来的。

我已经把这个谋杀的事件置之度外了。最使得我恐怖的事情是发觉了我保不住我的科学的素质。当我明白了这个的时候，我知道我应当怎样做了。

在我们的生活的最易感的年龄中，我们不得不把一九〇五年的革命以后的反动、谋叛、阿志巴绥夫和魏毕斯基的小说、学校宿舍中的冷酷的仇视、我们的父亲的愚昧、和把我们驱到性的乱行的那生活的荒芜通通担在我们的两肩上——我们中间的几人陷于死亡的事有什么奇怪呢？

波洛夫，这科学家，愿意用了下面这句话完结这信：让在你们中间发生的这幕悲剧成为一个洗涤这种氛围的雷雨吧。

我个人相信……但是我的科学家的素质不许我再说什么了，再会吧。

你们的忠实的

波洛夫

在这署名的下面，用一种稳重的、清楚的笔迹写着日子：一九二五年六月二十四日，耶尔泰。

第十章

结末

在我们手里而且为其他的作者所不明底细的这一封信，结束了关于这个事件的一切未发表的材料。

我们的故事也应当从此收场。但是我们觉得对于参加这幕戏剧的人物的关心，要求我们再说几句关于他们的其后的生活的话。

满足我们的读者的这自然的好奇心，于我们是一件很容易的事，因为这一切的剧中人物还留在我们的中间。

但是，事实上，霍洛合林一经充分复原之后，他就到西伯利亚的一个小小的城市去了，并且他从此和我们城里断绝了音信，就是许尔曼也没有得到他的什么信息。

真正的杀害者的发觉似乎没有与霍洛合林以什么永远的印象。起初，他被惊骇了，他以咒骂那新式的自动的手枪来发泄他的情绪。当他痊愈了的时候，他被允许了读波洛夫的信。他非常感兴味地读了它，马上决定离开这里，而且马上实行他的决定。

在霍洛合林所在的城里我们找到了几个朋友，我们接到了他们一封有着关于他的消息的来信。他很健康，他在地方医院充当一个住院医生。他常常打猎，而且在准备报名于汤姆斯克大学。

再也没有人看见他同着一个女人在一道了。

在我们城里，一切事情已经回复到规律的轨道了。青年们又在开始他们的研究了。对于道德、社会学和性的诸问题的科学的探讨，大家都现着异常的兴味。

就在最近，格鲁金斯基医生在一个盛大的、注意的听众之前，演了一篇以"你们不应杀人！心理生物学者的关于堕胎问题的感想"为题的演说。

在这个讲演的前几天，在工厂里，在许多工人的面前，举行了一个被控为操业没有执照，对于娃利亚波罗夫兹夫施行堕胎的时候犯了疏忽之罪的产婆的裁判。

为最近发生的事件所影响，法庭给了她一个非常严格的判决，但是这个似乎还不能使工人们心满意足，起诉人把这个案子提起了上诉。

在这许多事件的系列中，一个最为可惊的效果就是安娜丽金斯奇的变化：无论什么事情再也不能使她使用"布尔乔亚"这个字了；人家在她的面前使用这字的时候，她甚至勃然大怒，认为这是对于她的一个残酷的嘲弄。

"俄苏文学经典译著·长篇小说"书目

沙宁　　〔苏联〕阿尔志跋绥夫 著 / 郑振铎 译
罗亭　　〔俄国〕屠格涅夫 著 / 陆蠡 译
少年　　〔俄国〕陀思妥耶夫斯基 著 / 耿济之 译
死屋手记　　〔俄国〕陀思妥耶夫斯基 著 / 耿济之 译
罪与罚　　〔俄国〕陀思妥耶夫斯基 著 / 汪炳琨 译
卡拉马佐夫兄弟　　〔俄国〕陀思妥耶夫斯基 著 / 耿济之 译
白痴　　〔俄国〕陀思妥耶夫斯基 著 / 耿济之 译
铁流　　〔苏联〕绥拉菲莫维奇 著 / 曹靖华 译
父与子　　〔俄国〕屠格涅夫 著 / 耿济之 译
处女地　　〔俄国〕屠格涅夫 著 / 巴金 译
前夜　　〔俄国〕屠格涅夫 著 / 丽尼 译
虹　　〔苏联〕瓦西列夫斯卡娅 著 / 曹靖华 译
保卫察里津　　〔俄国〕阿·托尔斯泰 著 / 曹靖华 译
静静的顿河　　〔苏联〕肖洛霍夫 著 / 金人 译
死魂灵　　〔俄国〕果戈里 著 / 鲁迅 译
城与年　　〔苏联〕斐定 著 / 曹靖华 译
钢铁是怎样炼成的　　〔苏联〕奥斯特洛夫斯基 著 / 梅益 译
诸神复活　　〔俄国〕梅勒什可夫斯基 著 / 郑超麟 译
战争与和平　　〔俄国〕列夫·托尔斯泰 著 / 郭沫若　高植 译
人民是不朽的　　〔苏联〕格罗斯曼 著 / 茅盾 译
孤独　　〔苏联〕维尔塔 著 / 冯夷 译
爱的分野　　〔苏联〕罗曼诺夫 著 / 蒋光慈　陈情 译

地下室手记　　　［俄国］陀思妥耶夫斯基 著／洪灵菲 译

赌徒　　［俄国］陀思妥耶夫斯基 著／洪灵菲 译

盗用公款的人们　　　［苏联］卡泰耶夫 著／小莹 译

在人间　　　［苏联］高尔基 著／王季愚 译

我的大学　　　［苏联］高尔基 著／杜畏之　萼心 译

赤恋　　　［苏联］柯伦泰 著／温生民 译

夏伯阳　　　［苏联］富曼诺夫 著／郭定一 译

被开垦的处女地　　　［苏联］肖洛霍夫 著／立波 译

大学生私生活　　　［苏联］顾米列夫斯基 著／周起应　立波 译

奥尼金　　　［俄国］普希金 著／甦夫 译

盲乐师　　　［俄国］柯罗连科 著／张亚权 译

家事　　　［苏联］高尔基 著／耿济之 译

我的童年　　　［苏联］高尔基 著／姚蓬子 译

贵族之家　　　［俄国］屠格涅夫 著／丽尼 译

毁灭　　　［苏联］法捷耶夫 著／鲁迅 译

十月　　　［苏联］A. 雅各武莱夫 著／鲁迅 译

安娜·卡列尼娜　　　［俄国］列夫·托尔斯泰 著／周筦　罗稷南 译

克里·萨木金的一生　　　［苏联］高尔基 著／罗稷南 译

对马　　　［苏联］普里波伊 著／梅益 译

暴风雨所诞生的　　　［苏联］奥斯特洛夫斯基 著／王语今　孙广英 译

猎人日记　　　［俄国］屠格涅夫 著／耿济之 译

上尉的女儿　　　［俄国］普希金 著／孙用 译

被侮辱与被损害的　　　［俄国］陀思妥耶夫斯基 著／李霁野 译

复活　　　［俄国］列夫·托尔斯泰 著／高植 译

幼年·少年·青年　　　［俄国］列夫·托尔斯泰 著／高植 译

烟　　　［俄国］屠格涅夫 著／陆蠡 译

母亲　　　［苏联］高尔基 著／沈端先 译